인생견문록

김홍신
에세이

인 생
견문록

해냄

지금 이 순간,

당신 인생의 자서전에는

무엇이 남겠습니까

함께 흔들렸으면 좋겠습니다

제가 어렸을 적엔 달걀귀신을 비롯하여 귀신과 도깨비를 봤다는 사람들이 참 많았습니다. 그런데 요즘에는 그 많던 귀신, 도깨비 이야기가 모두 사라졌습니다. 귀신이 도망친 게 아니라 전깃불에 세상이 밝아지니 이야기조차 하지 않는 것이겠지요. 아프리카 밀림 지대나 인도의 시골 마을처럼 전깃불이 없는 곳엔 지금도 그런 이야기들이 수두룩합니다.

내 마음이 어두우면 귀신들의 놀이터가 되지만 내 마음이 밝으면 온 세상은 내 것이 됩니다. 그런데도 사람의 마음은 참으로 변덕스러워서 깜깜한 곳에 보물이라도 있는 양 기웃거리는 습벽을 타고난 듯합니다.

  그런 마음에서 자유로워지려면 외부 상황이 어떻든 내 마음이 구애를 받지 말아야 합니다. 우리는 자기 욕구를 그대로 둔 채 상황을 변화시켜 만족을 얻으려고 합니다. 그러나 주변 환경은 쉽사리 변하지 않으니 사는 게 힘이 듭니다. "외부의 백만 대군을 이기는 것보다 자기가 자기를 이기는 자가 더 큰 장부다"라는 말도 있습니다. 자기 자신의 욕구와 감정에서 자유로울 수 있다면 우리는 고통에서 벗어나 행복해질 수 있습니다.

  옛날 같으면 귀신에게 시비를 걸어도 될 만한 나이가 되었으니 한 번쯤 인생을 되뇌고 싶었습니다. 우리나라에서 가장 권위 있는 수필 전문지 《월간에세이》에 5년 넘게 매달 글을 쓰고 있습니다. 이 책은 그 원고들 중 일부이고요.

  나 자신을 다독거리고 내 영혼을 바로 세우려는 마음에서 나온 글들이었는지 모릅니다. 어찌 이 작고 모자란 마음으로 인생을 견문했다 하고 인생을 안다고 하겠습니까마는 사람이란 하루에도 8만 4천 번씩 고뇌한다고 했으니 그저 세상사에 겸손해지자 마음먹습니다.

　잠시도 쉬지 않는 생각의 모래알을 모으면 족히 웬만한 사막을 만들 수 있을지 모릅니다. 그 모래알 중에 반짝 빛나는 게 얼마나 되겠습니까? 인생은 딱 한 번뿐이니 살아 있는 동안 신명나게 놀다 가지 않으면 불법인 줄 알면서 그게 어찌 뜻대로 되겠습니까. 대부분 검게 때 묻고 허무한 것들인가 싶어 조바심이 나곤 합니다.

　참회(懺悔)의 '참'은 과거로부터 지금에 이르도록 지은 잘못을 뉘우치는 것이고, '회'는 지금으로부터 미래에 이르도록 지을 허물을 뉘우치는 것입니다. 저는 가톨릭 신자이지만 날마다 108배를 하며 참회기도를 합니다. 제가 알고 있는 잘못이나 거짓뿐 아니라 지은 줄 모르거나 잊어버린 허물까지도 참회합니다. 제가 잘못을 했거나 기억하지 못하는 질투나 시샘, 남의 마음을 아프게 했거나 속상하게 했거나 기분 나쁘게 했거나 마음을 몰라준 것까지 참회합니다. 그러면 제 영혼이 평온해지고 미운 감정이 없어지며, 헤매던 어둠 속에서 걸어 나오는 자유인이 되기 때문입니다. 싫은 것이야 어쩔 수 없더라도 미운 것이 사라지니 살맛이 납니다.

흔들어줘야 가는 구형 손목시계를 선물로 받았습니다. 건전지만 넣으면 몇 년이고 저절로 가는 신형이 아니어서 조금은 불편하지만, 옛 추억이 제 손목에 있는 듯해서 기분이 좋습니다. 그러나 흔들어주지 않으면 시계는 멈춥니다. 인생도 그런 듯싶습니다. 그래서 나를 흔들어주고 남도 흔들어주고 싶어 이 글을 썼습니다. 함께 흔들리며 인생길 신나게 걸으면 좋겠습니다. 자박자박 한눈도 팔면서 말입니다.

2016년 벚꽃 핀 봄날에
김홍신

1장

모든 두려움은
자신이 만듭니다

어쩌다 우리는
생각의 노예가 되었을까요

어느 날, 급히 외출하느라 휴대폰을 책상 위에 두고 온 걸 나중에 알게 되었습니다. 돌아가자니 약속 시간에 늦겠고, 그냥 가자니 걱정스러웠지요. 휴대폰 없던 시절엔 어찌 살았는지 궁금할 만큼 밖에 있는 동안 내내 심란했습니다. 서너 번 그런 일이 생기자 내가 혹시 휴대폰의 노예가 된 것이 아닌가 하는 걱정이 들었습니다.

그때부터 저는 이런 상태에서 벗어나야겠다는 생각에 등산하는 날에는 일부러 휴대폰을 집에 두고 나갔습니다. 처음에는 뭔가 허전한 듯했는데 이내 괜찮아졌습니다. 급한 연락이라면 또

걸려올 테고 부재중 전화는 나중에 내가 걸면 된다고 생각했더니, 휴대폰을 두고 온 것이 오히려 편안했습니다. 휴대폰을 모르고 두고 나왔을 때는 마음이 그렇게나 불편하더니, 일부러 두고 나오니 아무렇지도 않았습니다.

인생도 마찬가지인 것 같습니다. 내가 어떤 문제를 만들어 스스로 걸려든 것이지, 어떤 문제가 나를 걸고넘어진 게 아니었습니다.

빗발이 그치고 모처럼 햇살이 뜨겁던 날, 방문과 옷장, 신발장을 활짝 열어놓고 바람맞이를 했습니다. 신발장에서 몇 해 전까지 신던 구두를 꺼내 신어보았더니, 그렇게나 즐겨 신었던 구두였건만 낯설고 불편했습니다.

구두가 너무 낡아 버려야 할 정도라고 생각될 때쯤에는 이미 발에 익숙해져 가장 편한 상태입니다. 그래서 새 구두를 사더라도 헌 구두는 쉽게 버리지 못하고 신발장에 진열해 두는지도 모릅니다. 옷장을 살펴봐도 마찬가지지요. 최근 2년 동안 사용하지 않은 것은 앞으로도 사용하지 않을 확률이 높다고 하는데, 유행

지난 넥타이와 옷가지들이 겹겹이 구석에 걸린 채 버림받은 것을 알게 될 때도 있습니다. 언젠가는 유행이 되돌아오리라고 기대하지만, 아직까지 그런 적은 한 번도 없었지요.

세월이 가도 버리지 못하는 것이 또 있습니다. 손에 익은 만년필입니다. 언젠가 방송국에서 취재하러 왔을 때 책상 서랍을 뒤지다 보니 그 안에 만년필이 40여 자루나 있었습니다. 세월을 머금은 만년필이 정겹고 아쉽지만, 이제는 이웃 돕기 경매나 행사 협찬품으로 하나씩 내놓곤 합니다.

평생을 만년필로만 글을 쓴 탓에 저는 아무래도 만년필만은 사치를 부리는 편입니다. 그러나 아무리 좋은 만년필이라도 길들이려면 꽤 많은 시간이 필요합니다. 서양에서 만든 만년필은 알파벳 쓰기에 적절한 촉이기 때문에 한글을 쓰려면 길들이는 시간이 더 필요하다는 말이 그럴듯하지요.

만년필로 1만 2천 장을 꼬박 쓴 장편역사소설 『김홍신의 대발해』 집필 때는 만년필 촉 석 자루가 무뎌졌습니다. 길들여진 몽블랑의 촉이 굵어지자 몸체가 가벼운 파커로 바꾸었는데, 길들이는 사이에 손목이 마비되는 고통을 겪었지요. 매일 원고지 20매씩 글을 쓰는 동안 20여 차례 크고 작은 마비 증세에 시달렸는데, 그중에 가장 심한 손가락과 손목 마비는 만년필을 바꿀 때

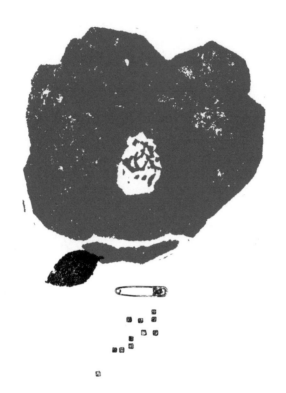

몸속의 세포는 그 사람이 생각한 대로 변합니다.
나의 주인은 바로 내 마음인 것입니다.
모든 두려움은 자신이 만듭니다.

왔습니다. 정형외과에서 깁스를 하자고 했지만 마다하고 운동선수들이 시합 직전 부상당했을 때 급히 사용하는 주사를 맞아가며 글을 썼을 정도입니다.

　오래전 이어령 선생님이 최인호 형과 저를 불러 앉혀서는 "훨훨 날아다니는 상상의 나비를 낚아채려면 컴퓨터를 사용하라"고 '명령하신' 적이 있습니다. 시원찮게 대답한 두 사람은 밖으로 나오자마자 "우리는 죽는 날까지 손으로 쓴다. 배반 없기!" 하고는 뭐가 그리 좋다고 키득거렸는지 모릅니다.

　20여 년이 지난 후에도 인호 형과 저는 여전히 손으로 글을 썼습니다. 장난처럼 약속한, '죽는 날까지 손으로 쓰고 배반하지 않기'를 지킬 것 같은 예감이 들었습니다.

　인호 형은 세상을 떠나기 전에 장편소설 『낯익은 타인들의 도시』를 발표했는데, 손톱이 빠지는 지독한 고통을 겪으며 펜으로 쓴 작품이었습니다. 침샘암으로 투병 생활을 하던 인호 형은 "환자가 아닌 작가로 죽겠다"고 했습니다.

　그때 제 가슴속에서 불길이 일었습니다. 한낱 마비 증세를 호소하며 컴퓨터를 배우지 못해 만년필로 꾹꾹 눌러쓰는 핑계를 댔는데, 인호 형은 손발톱이 빠지면서도 작가로 죽겠다지 않습니까. 원망하거나 암에 걸렸다는 생각에 끌려다니지 않고 암세포와 함께 잘 사는 방법을 선택한 것이지요.

몸속의 세포는 그 사람이 생각한 대로 변합니다. 나의 주인은 바로 내 마음인 것입니다. 모든 두려움은 자신이 만듭니다. 생각에 얽매여서 괴로움이 자꾸 증폭되거나 점점 더 커집니다. 내가 만드는 것이 인생이라고, 그렇게 살자고 다짐하지만, 이런 생각이 며칠이나 갈지 모르겠습니다. 세상사 장담할 수 없다는 것을 알기 때문이지요.

몸으로 걷기,
마음으로 걷기

 오래전에 군사훈련을 받은 사람들이 그 시절의 혹독한 훈련에 대해 이야기하면 전설이나 신화처럼 느껴집니다. 젊은 사람들은 요즘 훈련과 비교해 보며 설마 그랬으랴 싶기도 할 것입니다. 시집살이를 심하게 한 시어머니가 며느리 시집살이를 남들보다 더 혹독하게 시킨다는 말이 있듯, 혹독한 훈련을 받은 조교일수록 신병 훈련을 혹독하게 시키고 많이 맞아본 선임병이 신병을 많이 때린다는 속설을 뼈저리게 실감했던 시절이었습니다.

ROTC 장교로 광주보병학교에 입교해서 매서운 군사훈련을 받을 때 오전 훈련이 끝나면 달력의 날짜 위에 빗금 한 개를 그었습니다. 또 오후 훈련을 마치면 빗금 한 개를 반대로 그어 엑스자를 만들곤 했지요. 군사훈련이 너무 힘들고 지겹고 고통스러웠기 때문에 시간이 빨리 가기를 바라는 마음에서 달력의 날짜를 하나씩 지워나갔습니다. 사병 훈련보다 네 배나 길었고 공수, 매복, 유격 훈련 같은 특수 훈련도 받아야 했기 때문에 하루가 열흘만큼이나 길게 느껴질 수밖에 없었습니다. 그렇게 달력의 날짜를 지워나갔지만 더딘 시간을 빨리 가게 할 재간은 없었지요. 점점 더 지겹고 힘들기만 했습니다.

고심 끝에 어느 날 달력을 없애버렸더니 오히려 하루가 견딜 만해졌습니다. 달력의 날짜를 지우는 것은 고통과 지겨움을 각인하는 행위였다는 것을 뒤늦게 깨달았습니다.

옛 선비들은 〈구구소한도(九九消寒圖)〉라는 것을 사용했다고 합니다. 북풍한설이 몰아치는 기나긴 겨울을 지혜롭게 이겨내는 참 근사한 방법이지요. 주거 환경이 지금보다 매우 열악했고 난방 시설도 좋지 않던 시절이어서 겨우살이는 몹시 매서웠을 것입니다. 추운 겨울, 동지 이튿날 채색되지 않은 하얀 매화 꽃송이를 여든한 개 그려 벽에 붙인 뒤 매일 한 송이씩 붉은색으로 칠했습니다. 그렇게 여든한 개의 하얀 꽃송이가 모두 붉은 꽃송이로 변하면 겨울의 매서운 추위가 물러나는 봄이 되고 햇살도 따스해졌다고 합니다. 그 무렵이면 실제로 양지바른 곳의 매화나무에 꽃이 피었을 것이고 사람들도 봄을 맞이했을 것입니다.

군대 시절 제가 달력의 날짜를 지우던 것은 부정적 의미가 강했던 것이고, 조선의 선비들이 사용했던 〈구구소한도〉는 봄마중을 의미하는 긍정적 의미가 강했기에 지혜로운 것입니다. 제가 그린 엑스 자는 지워 없애려는 것이었다면, 선비들이 색칠한 붉은 꽃은 새로 만들어내는, 창조적인 것이었습니다.

여러 해 전, 어느 화창한 여름에 저는 세계적인 명상 수행가인 틱낫한 스님과 임진각 일대에서 명상 수련을 한 적이 있습니다. 명상 중에 걸음 명상이란 것을 하게 되었는데, 한낮의 햇볕은 종이 모자를 쓴 제 머리를 후끈 달아오르게 했습니다. 틱낫한 스님은 그날 이른 아침에 밀고 나오신 듯 윤기 나는 민머리였는데, 그 땡볕에도 두 손을 모은 채 아무렇지도 않게 느릿느릿 걷기만 했습니다. 두 눈을 지그시 감은 듯했지만 걸음새가 바르고 붉은 가사 자락의 살랑거림이 일정하게 율동하는 걸 보면 보폭과 몸짓이 일정하다는 것을 알 수 있었습니다. 족히 두어 시간을 강렬한 땡볕에 노출되면 머리에 화상을 입을 정도인데도 스님은 은은한 미소를 머금은 채 태연하게 걷기만 했지요.

그러나 저는 얼굴은 햇볕에 달아오르고, 땀이 차올라 온몸은 끈적거리고, 열기는 점점 더 뜨겁게 올라오고, 지쳐 느려지는 걸음 때문에 빨리 마무리되기만을 고대했습니다. 더구나 종이 모자를 뚫고 들어오는 한낮의 태양열은 제 마음을 온통 잡념으로 몰아넣었습니다. 땡볕 속을 걸으며 마음을 추스를 수 있다는 것이 믿어지지 않았습니다. 마음을 차분히 가라앉히는 명상 수련이라기보다는 마음은 혼란스럽고 온갖 잡생각들로만 가득 찼습니다. 스님은 더운 지방 출신이어서 저렇게 견디는 것인지, 명상 수행가로 널리 알려진 사람이라 억지로 참는 것인지, 도력이 뛰어나서 이 정도쯤은 가벼이 넘길 수 있는지 궁금하기도 했고요.

걸음 명상이 끝나고 나서 질문을 통해 비로소 알았습니다. 틱낫한 스님은 마음으로 걸었고, 저는 몸으로 걸었다는 것을. 현자

(賢者)는 무엇으로 살고 보통 사람은 무엇으로 사는지 알 것 같았습니다.

내가 가진 것이
가장 소중합니다

"가까이 있는 사람이 행복을 주는 게 아니라, 서로 고통을 준다"는 말이 있습니다. 연애할 때는 간, 쓸개를 다 꺼내줄 것 같다가도 함께 살면 다투게 되는 부부 관계를 말하는 것입니다.

글쟁이로 살다 보면 이런저런 인생 상담을 하게 되는 경우가 있습니다. 무수한 사람을 만나고 곳곳을 누비고 다니며 소설을 쓰니, 제가 인간에 대한 이해가 깊으리라고 생각하는 것 같습니다.

주례를 부탁하러 신랑 신부가 찾아오면 "3년 정도 부부싸움을 신나게 하라"고 당부합니다. 인물, 집안, 성격, 학력, 능력 등 근본적인 것은 건드리지 말고 싱겁거나 짜게 먹는 것, 부지런하거나 게으른 것, 강박적으로 정돈하거나 상대방을 생각지 않고 어지럽히는 것, 너무 일찍 일어나거나 늦게 자는 것 등의 소소한 것으로 싸우라고 강조하지요.

서로 다를 수밖에 없는 부부가 생활방식을 조율하기 위해 말씨름 정도는 하는 게 좋습니다. 범죄자를 찾아내는 고도의 기술인 프로파일링을 실행하는 최고참 경찰관 중 한 명은, 800명이 넘는 강력범을 분석했음에도 딱 한 명 절대 분석이 안 되는 사람이 있으니, 그 사람은 바로 '마누라'라고 했습니다. 물론 농담이겠지만 저는 그 이야기를 듣는 순간, 경찰관의 아내에게 마이크를 들이대면 더 재미있는 말을 들을 수 있을 것 같았습니다.

부부가 무수한 갈등에 얽히고설킬 수밖에 없는 것은 정상적인 사람들이 한집에서 살기 때문입니다. 부부는 싸우기만 하는 게 아니라 서로 심판을 겸임하기 때문에 평생 승부를 가릴 수 없습니다. 이는 마치 거울을 보면서 이길 때까지 가위바위보를 하는 것과 같습니다.

"할아버지 할머니 되기 참 어렵다"는 서양 속담이 있지요. 세월 가고 나이 들면 저절로 할아버지 할머니가 되는 거지, 뭐가 그리 어렵다는 것인지 이해하기 어려웠습니다. 그리고 세월이 한참 흐른 뒤에야 비로소 할아버지 할머니 되기가 참 쉽지 않다는 것을 알았습니다. 할아버지 할머니가 되려면 통상 50대 중반은 넘어야 할 텐데, 그 나이가 되도록 사고 나지 않고 이혼하거나 큰 병에 걸리지 않으며 자손 또한 탈 없이 결혼해서 손주를 낳아줘야 할아버지 할머니 소리를 들을 수 있습니다.

급작스럽게 이승을 하직한 사람들의 빈소를 찾은 사람들이 이구동성으로 하는 말은, 지난 시절 하고 싶은 것을 못해보고 고달프게 산 세월이 너무 길었으니 이제부터 재미있게 살다 갈 궁리를 해보자는 것입니다. 병상에 있는 지인을 찾아갔더니 제 손을 힘주어 잡으며 말했습니다.

"시한부 판정을 받고 돌아보니, 가지려고 애태우며 살았지 기분 좋게 쓰지 못했다는 후회가 가슴을 때립니다. 그것들을 다 놓아두고 가야 한다니, 나는 참 바보처럼 살았습니다."

그 말을 듣고 이슥한 밤 집에 와서 저는 이런 글을 썼습니다.

"육신이든 영혼이든 옷이든 가방이든 돈이든 집이든 자동차든 만년필이든 사랑이든, 내가 가진 모든 것들은 닳아서 없어져야지 썩혀두어서는 안 된다."

아프리카나 인도의 불가촉천민들의 모습을 보면 차마 그 앞에서 카메라 셔터를 누를 수 없을 만큼 처절한 가난과 병마의 질곡 가운데 있음을 느끼게 됩니다. 그러나 돌이켜보면 불과 수십 년 전 외국인들이 찍은 흑백사진 속의 우리 모습이기도 하지요. 지하자원이 부족한 탓에 원자재를 사다가 가공하여 내다팔아야 했던, 철조망에 가로막힌 나라가 이만큼 잘살게 된 것은 바로 우리 모두 열심히 살았다는 반증입니다. 그래서 간절히 원하고 억척스럽게 일구어나가면 무엇인가 이루어진다는 믿음을 가졌습니다.

글로벌 경쟁 시대가 되면 고도성장은 멈추기 마련입니다. 그때 못 번 사람은 잘 번 사람에게 열등감이 생기고 잘 번 사람은 더 잘 번 사람에게 열등감을 느끼는 심리적 양극화 현상, 곧 만사를 비교법으로 분별하게 만듭니다. 그래서 한국인의 행복지수가 의외로 낮게 나타납니다.

나이 들어 병들고 몸이 말을 잘 안 듣는 사람이 하소연하는 것을 들어보면 거의 이런 후회를 하고 있습니다.

"이 세상에서 내가 가진 것이 가장 귀했다는 걸 왜 이제야 알겠는지 모르겠다."

그래서 요즘은 제자들에게, 신혼 3년간은 싸우면서도 뜨겁게 사랑하고 남은 50년은 장난치듯 재미있게 살라고 말합니다.

"비상금 감출 때는 봉투에 미리 '당신만을 사랑해, 필요할 때 쓰셔'라고 써두고, 1년에 한 번 천하에 없는 온갖 칭찬을 동원한 사랑 표현을 4월 1일 아침에 눈뜨자마자 해주시라."

생김새는
곧 그 마음입니다

 세상에 거울 같은 반사체가 없다면, 자신의 모습을 확인하기 위해서 상대에게 계속 물어보아야 할 것입니다. 어쩌면 물어볼 때마다 대답이 다를지도 모릅니다. 상대의 기분이나 성격에 따라 달라질 수도 있고요. 얼굴과 분위기를 보고 저마다 평가가 다른 것은 그들의 관점이 다르기 때문입니다.

살다 보니 몇 점의 초상화를 갖게 되었습니다. 얼굴을 사실처럼 그리는 것은 초상화라 하고, 얼굴의 특징을 강조해 그리는 것은 캐리커처라고 하지요. 저는 초상화보다 장난기 섞인 캐리커처에 더 매력을 느낍니다. 몇 해 전 지하실에 물이 새는 바람에 여러 점의 초상화와 캐리커처를 잃고 겨우 두어 점을 소장하고 있었는데, 근래 우연찮게 캐리커처 두 점을 더 갖게 되었습니다.

강연 요청이 있어 제주도에 갔다가 신라호텔 3층 로비에서 '못생긴 사람 환영'이라는 광고판을 보았습니다. 못생긴 사람을 환영한다는 광고를 내걸 수 있는 배짱이 왜 그리 정겨웠는지 모릅니다. 온통 잘나고 잘생기고 유명하고 돈 많은 사람만 알아주는 세상에, 그것도 특급 호텔 로비에 그런 광고판을 설치할 수 있다니…….

더구나 광고판 아래에는 전직 대통령의 캐리커처를 비롯해 개그맨 강호동과 김제동, 가수 박진영의 익살스러운 캐리커처가 나란히 진열되어 있어 웃음이 절로 솟았습니다.

더 재미있는 것은 '단, 어린이는 예쁜 사람 환영'이라는 글귀였습니다. 그와 함께 배우 문근영과 안젤리나 졸리, 스포츠 스타 김연아의 매력적인 캐리커처를 나란히 진열해 둔 문봉식 화백의 재치가 돋보였습니다. 연일 무리한 일정에 지친 저는 그날도 비맞으며 올레 길을 걸은 탓에 몹시 피곤했지만, 문 화백이 권하는 의자에 앉았습니다.

"환영하기 싫은 분이 오셨네요"라는 첫마디로 기분을 좋게 만든 문 화백은 제 얼굴과 화판을 번갈아 보며 캐리커처를 그리기 시작했습니다. 광고판 아래에는 '소요 시간: 생긴 거에 따라 달라요'라는 글귀가 또렷했습니다. 광고 문안이 재미있다고 했더니 "예쁜 사람을 그리면 잘 그려봐야 본전"이라고 했습니다. 캐리커처는 사실화가 아니고 생김새의 특징을 묘사하는 기법인데 예쁘게 그려주지 않으면 서운해한답니다. 잘생긴 사람보다 특징 있는 사람의 모습을 그릴 때 붓에 힘이 실리고 묘미도 느낄 법합니다.

제 얼굴을 그리는 길지 않은 시간, 우리는 많은 이야기를 나누었습니다. 저는 결국 참지 못하고 "저는 그리기 쉬운 사람인가요, 어려운 사람인가요?"라고 숨겨두었던 속내를 드러내고 말았습니다. 날마다 사람을 앉혀놓고 얼굴을 꼼꼼히 살펴보고 그리는 사람이니 오죽이나 세밀히 관찰했을까 싶었지요. 내 얼굴과 분위기에 대해 어떻게 품평할지도 궁금했습니다.

"그리기 어려운 분입니다. 윤곽이 또렷해서 사진 찍기 좋은 얼굴이기도 하고요."

면전에서 그리기 쉬운, 못생긴 사람이라고 말할 리 없었는데도 저는 또 괜히 기분이 좋았습니다. 이 나이에 잘생겼다는 소리를 들어서 뭘 어쩌겠다고요.

캐리커처를 끝낸 문 화백은 화판을 보여주지 않은 채 제게 물었습니다.

"선생님께서 스스로 캐리커처를 그린다면 어떤 특징을 강조할 것 같으세요?"

"얼굴에 비해 코가 크고 눈은 작은 편이며 이마는 넓고 입술 윤곽이 또렷하며 볼에 살이 없고 귀가 좀 큰 편인 데다가 얼굴 크기가 작습니다. 머리칼은 적은 편이고요."

그가 웃으며 내민 캐리커처는 제가 말한 그대로였습니다.

'내 마음을 알려면 내 얼굴을 보자. 내 생김새는 곧 내 마음이다.'

캐리커처를 펼쳐놓고 거울 속의 제 모습과 견주어 보며 이런 생각을 했더니 견디기 어려울 만큼 강행군을 해서 피곤에 지쳐 있던 제 마음이 조금씩 가다듬어졌습니다. 피곤에 지쳐 짜증을 내면 제 마음을 닮은 제 얼굴도 짜증을 내며 지칠 것입니다. 초청해 준 것에 고마워하고 즐거워하면 대번에 피곤이 가셔지는

피곤에 지쳐 있던 제 마음이
조금씩 가다듬어졌습니다.
피곤에 지쳐 짜증을 내면
제 마음을 닮은 제 얼굴도
짜증을 내며 지칠 것입니다.

이 신비로운 변덕의 비밀은 무엇일까요?

'거울을 볼 때마다 내 마음까지 들여다보자. 내 몸에는 60조 개의 세포가 있다는데, 그 세포에게 명령을 내릴 수 있는 것은 오로지 내가 아닌가.'

한 번밖에 못 사는 인생, 살아 있는 동안 재미있게 살자고 다짐하지만 이놈의 생각이 대체 며칠이나 갈지······.

먹고 생각하고
행동한 대로

오래전 일본의 어떤 학자가 한국인들의 관상은 비교적 좋지 않다고 말한 적이 있습니다. 저는 즉시 "일제 강점과 전쟁, 격변기의 혼돈에 시달려 그럴 것입니다. 사회가 안정되고 경제 사정이 나아지면 좋아질 것"이라고 반박했습니다. 그는 연신 죄송하다고 했지만 울컥했던 심정은 가라앉지 않았습니다.

'관상'이란 단어만 떠올려도 가슴이 시린 것은 그때 좀 더 당당하게 "당신들이 지금 우리보다 잘살고 있다는 우월감으로 한국인을 내려다본 탓입니다. 그 오만함은 결국 인류사적으로 무거운 죄를 지은 국민으로 지탄받을 것입니다"라고 강하게 말하지 못한 것이 후회가 되어서였습니다.

젊은 시절 소설을 쓰기 위한 방편으로 한때 관상 공부를 한 적이 있는데, 얼치기로 배웠지만 기본은 익힌 셈이었기에 그의 말은 제 심사를 불편하게 만들기에 충분했습니다.

얼마 전에 읽은 글은 세상사가 엇비슷하다는 생각을 하게 만들었습니다. 프랑스의 휴양 도시 니스에 있는 한 카페에는 이런 재미있는 가격표가 붙어 있다고 합니다.

Coffee! 7Euro,

Coffee please! 4.25Euro,

Hello coffee! 1.4Euro

"커피!"라고 반말로 주문하면 우리 돈으로 약 1만 원, "커피 주세요!"라고 하면 6천 원, "안녕하세요, 커피 주세요!"라고 하면 2천 원이라는 뜻입니다.

우리나라에도 머지않아 이런 가격표가 붙을지도 모릅니다. 호칭과 존대어에 꽤 예민한 우리 사회에서 서비스업에 종사하는 사람들에 대한 경박한 우월감을 자주 목격합니다. 본디 '서비스

(service)'라는 말이 라틴어로 노예를 뜻하는 '세르부스(servus)'에서 나왔다고는 하지만, 서비스업 종사자와 감정 노동자들을 노예처럼 대하는 모습에는 어이가 없을 때가 많습니다.

　제가 제자들에게 당부하는 것 중에 하나는 "죽기 전에 꼭 자서전을 쓰라"는 것입니다. 자서전을 쓰겠다고 주변 사람들에게 공언하라고도 합니다. 그러면 식당에 갔다가 종업원이 옷에 물을 쏟아도 웃으며 "괜찮습니다. 곧 마를 텐데요"라고 말할 수 있을 것입니다. 우리나라 사람들은 체면을 매우 소중히 여기기 때문이지요. 더구나 자서전을 쓸 사람이라면 화를 내기보다 자신의 품격을 높이려는 노력을 하기 마련입니다. 처음에는 남에게 보여주려고 의도적으로 시도하지만 나중에는 습관처럼 변하게 되고 덩달아 관상이 좋아지며 따라서 건강도 나아집니다. 한 가지 더 당부하는 것은 아침에 눈을 뜨면 "오늘도 사랑하고 용서하고 배려하고 베풀어 품격 있는 사람이 되겠습니다"라는 기도를 꼭 하라는 것입니다.

　길거리에 담배꽁초를 함부로 버리는 사람, 공공 시설에서 목청 높여 통화하거나 쓰레기를 버리는 사람, 음식점에서 종업원을 하인 다루듯 하는 사람, 캐디에게 막말을 하며 종 다루듯 하는 사람, 대중교통 시설에서 갖가지 눈살을 찌푸리게 하는 사람들 중에 관상 좋은 사람은 거의 없습니다. 휴지 한 장이면 충분한데 서너 장씩 뽑아 대충 쓰고 버리는 사람도 관상이 별로 좋지 않은 까닭은 자신만을 생각하기 때문입니다. 그것은 곧 존엄한 생명체인 자신의 가치를 높게 평가하지 않고 대충 사는 탓입니다. 산소를 생산하는 나무 한 토막을 잘라 휴지로 쓰고 있다는 생각을 못 하고, 우리에게 꼭 필요한 산소를 생산하는 나무라는 생각을 하는 것과 하지 않는 것의 차이는 엄청납니다. 휴지 한 장을 사용하면서 이런 생각까지 할 수 있다면 '하물며 사람이랴' 하는 인간의 존귀함을 의식할 것입니다.

관상은 '먹고 생각하고 행동한 대로 몸이 변한 결과'입니다. 사람들 눈에 가장 먼저 보이는 것이 얼굴이지요. 관상은 타고난 생김새가 아니라 살아온 흔적의 증거입니다. 그래서 관상의 특징은 바로 '변한다'는 것입니다. 관상에 관한 유명한 일화가 있을 정도이니까요.

예수와 열두 제자가 나란히 앉아 있는 〈최후의 만찬〉이라는 그림 속에 예수와 유다의 모델은 같은 사람이라고 하지요. 화가가 품격 있고 정갈해 보이는 사람을 골라 예수를 그린 뒤 시간이 흘러 마지막으로 유다를 그릴 때 예수와는 달리 성품이 거칠어 보이는 사람을 찾아 모델로 세웠는데, 그는 전에 예수 모델을 했던 사람이었답니다. 그사이 방탕하고 무절제하게 산 탓에 그 사람의 관상이 몰라보게 변한 것이라지요.

이런 글을 쓰는 이유는 거울 속의 제 모습에 스스로 채찍질을 하려는 것입니다. 나이 듦이 두려운 게 아니라 관상이 나빠지는 게 두렵기 때문입니다.

썩지 않는 동아줄 같은
사람이 되기를

예부터 자식을 앞세우면 세상의 모든 빛이 사라진다는 뜻으로 '상명(喪明)'이라는 말을 썼습니다. 처절하게 통곡하는 세월호 희생자 부모들의 모습을 본 한 성직자는 "배 안에 갇힌 아이들이 마지막으로 애타게 부르짖은 것은 하나님도 부처님도 아닌 엄마, 아빠였다"며 고개를 숙였다고 합니다.

『구약성경』의 「출애굽기」에는 "염소새끼를 그 어미의 젖으로 삶지 말지니"라는 구절이 있습니다. 어미의 젖은 새끼에게 천국이요 생명줄이지요. 천국으로 여겼던 어미의 젖으로 새끼를 살해하는, 잔인한 짓을 하지 말라는 뜻입니다.

세월호의 학생들에게 어른들은 "움직이지 말고 그대로 있으라"고 말했습니다. 아이들에게 어른들의 말은 '어미의 젖'입니다. 어른들의 말을 잘 들어야 착한 아이라고, 훌륭한 사람이 된다고 가르쳐왔으니까요. 어른들의 말을 잘 따른 아이들은 생명을 잃었습니다. 새끼를 어미의 젖으로 삶는 세상인 것입니다.

세월호 참사는 마땅히 해야 할 조치를 취하지 않은 부작위(不作爲) 살인 현장을 전 국민이 속수무책으로 지켜봐야 하는 상황이었습니다. 지켜보는 것만으로도 이렇게 슬픔과 분노로 벅찬데 가족들의 마음은 오죽할까요. "지켜주지 못해 미안하다"며 눈물 바다를 이룬 국민들의 마음은 분노로 폭발하기 직전이었습니다.

사회생물학의 창시자인 하버드대 에드워드 윌슨 교수는 "인류가 정직하고 공평한 미덕을 고취시킨 것은 그렇지 못한 집단이 도태됐기 때문"이라고 했습니다. 대한민국은 아직도 정직하지도 공평하지도 않은, 마땅히 도태됐어야 할 간특한 무리들이 당당히 활보하고 있다는 것이 확인되었습니다.

거친 바다를 항해하는 배는 균형을 맞추기 위해 배 밑에 바닥

짐인 평형수를 투입합니다. 배가 기울어질 때마다 배 위쪽의 무게 편중을 반대 방향으로 잡아주는 오뚝이 같은 역할을 하는 것입니다. 세월호는 화물을 많이 싣기 위해 평형수를 조절하지 않은 것이 일차적인 사고 원인으로 알려졌습니다. 과연 세월호만 그럴까요.

하나씩 밝혀지는 사고 원인들은 우리 사회가 끌어안고 있는 불의와 비리의 총합체임을 알 수 있습니다. 대한민국을 안전하게 이끌어야 할 책임이 있는 자들이 제 뱃속을 채우기 위해 평형수 대신 욕심을 채웠던 것입니다. 우리 사회의 골다공증을 확인한 듯합니다.

세월호 참사는 학생들의 호기를 키우는 수학여행도 중단시켰고 심리적으로 주눅 들게 만들었습니다. 대형 사고를 목격하게 되면 심리적 충격으로 뇌는 자동으로 유사한 사고를 의식하거나 연상해서 행동한다는 것이 전문가들의 진단입니다.

세월호 참사가 발생하기 전, 한 여론 조사에서 '다시 태어난다면 한국에서 태어나고 싶지 않다'라고 응답한 사람이 57퍼센트나 되었다고 합니다. '그래도 한국에서 태어나고 싶다'는 응답은 43퍼센트였습니다. 20대는 무려 70퍼센트가 한국에서 태어나고 싶지 않다고 했습니다. 한국 사회가 고질적으로 안고 있는 양극화, 과도한 경쟁, 치열한 입시, 암울한 정치, 배려하지 않는 사회, 약육강식의 구조적 모순, 안전이 보장되지 않는 사회 등에 대한 잠재적 분노 탓입니다. 만약 지금 다시 여론 조사를 한다면 결과가 어떻게 나올 것인가 생각하면 더욱 가슴이 아립니다.

사고 후 2년이 흘렀지만 우리들은 여전히 불신과 충격, 공황장애 등 세월호 증후군을 앓고 있습니다. 우리들의 웃음을 앗아간 세월호 참사를 생각하면 애통하기 그지없습니다. 그나마 우리에게 위안을 주는 것도 역시 우리 자신입니다. 우리 모두 그들을 지켜주지 못해 미안해하고 부끄러워하며 진도 앞바다에서 기적이 일어나기를 애타게 소망했습니다.

목숨 걸고 물속으로 들어가는 민간 잠수부들과 "피해 가족들에게 해줄 것이란 함께 아파하는 것밖에 없어 안타깝다"는 자원봉사자들, 끊임없이 밀려드는 조문객들, 노란 리본의 물결은 분명 희망으로 승화될 것입니다.

살신성인의 여승무원과 선생님들, 친구에게 구명복을 건네주고 빠져나오지 못한 학생들과 목숨 걸고 바다로 들어간 잠수사와 전국에서 모여든 자원봉사자들의 마음은 우리 시대의 '썩지 않은 동아줄'이 아니고 무엇이겠습니까. 그들이 있기에 우리에겐 정녕 희망이 있습니다.

인생의 모래알

모래알,
가지고 계시지요?

꽃망울이 찬바람에 고개 숙이고 눈치만 보고 있을 때, 스승을 따라 일주일간 명상 수련과 해외 강연 일정을 마치고 돌아왔습니다. 돌아오는 비행기 안에서 한국의 봄 날씨가 심술궂게 변덕을 부렸다는 것을 알았습니다.

집에 와보니 마당에는 진달래가 진분홍 꽃잎을 펼쳐 마음껏 자랑하고 있었습니다. 돌나물은 한껏 초록을 자랑하며 키 자랑을 하느라 까치발을 세웠고, 울릉도초롱은 어여쁜 자태를 뽐냈습니다. 취나물은 사방에 씨앗을 날려 새끼들을 무리 지어 길렀고, 영산홍 가지 끝엔 수줍은 꽃망울들이 여차하면 내달릴 기세

였으며, 소나무는 가지마다 갈색 대궁을 뾰족이 내민 채 하늘을 올려다보고 있었지요. 울 밖 구경을 하려고 키를 세우는 장미는 가지마다 순이 돋고, 양지바른 곳에는 입맛을 돋우는 쌉쌀한 머위가 잎새를 키우느라 여념이 없었습니다.

불과 일주일 사이에 변해버린 모습들이었습니다.

봄이 아름다운 것은 추위를 이겨냈기 때문이고, 인생이 참으로 향기로운 것은 시련을 극복했기 때문일 것입니다. 추위 때문에 꽃과 나무의 자태가 더 튼실하고 예쁘듯, 시련을 견디어낸 사람이 세상을 기쁘게 하고 스스로 빛나는 것 같습니다.

젊은 시절 사하라 사막을 두 번이나 여행한 적이 있기에 탐험가의 사하라 사막 횡단이 불가능에 가깝다는 것을 알고 있습니다. 모래 폭풍이 닥치면 아름드리나무가 모두 닳아 없어진다는 모래 바다, 모자를 벗으면 금세 머리에 화상을 입을 정도의 강렬한 햇볕, 신발 속에 모래가 들어가지 않게 하려고 신발과 바지 끝을 칭칭 동여매면 흐르는 땀이 신발을 적시는 혹독한 더위, 햇볕에 익어버린 모래의 열기는 냄비를 올려놓으면 금세 물이 끓어

버릴 듯 뜨겁기만 합니다.

한반도의 여덟 배나 된다는 사하라 사막을 최초로 횡단한 탐험가에게 가장 고통스러웠던 것이 무엇이냐고 물었을 때, 그는 이렇게 말했습니다.

"사하라 사막을 횡단하며 가장 고통스러웠던 것은 신발 속의 모래 한 알이었다."

탐험가의 이 한마디를 책에서 읽고 제 가슴에 그 모진 겨울의 혹독한 추위와 꽃 피기 직전의 매서운 꽃샘추위를 이기고 피어난 꽃이 들어찬 듯했습니다.

모래 한 알이 발바닥을 찌르는 상황이라면, 그 고통에서 빨리 벗어나기 위해서라도 걸음이 빨라집니다. 배고픔과 목마름을 잊게 하는 것도 그 통증입니다. 신발을 벗어 모래 한 알을 찾아내더라도 더 많은 모래가 들어갈 수밖에 없기 때문에 탐험가는 모래 한 알의 통증을 참는 지혜를 얻게 됩니다.

인생도 그런 것 같습니다. 우리는 늘 고통 한 개쯤은 데리고 삽니다. 그 고통을 애써 꺼내려 하면 다른 고통들이 달려들기 마련이지요. 지금 내게 주어진 고통, 지금 나를 따라다니는 고통을 통해 다른 고통을 잊고 나를 다스릴 수 있다면 그것이 바로 지혜로운 삶일 것입니다.

단맛에 이끌리는 것은 동물적 본능이라고 하지요. 두유에 단맛을 첨가해 젖먹이에게 주면 모유를 거부한다고 합니다. 인생이 어디 달콤한 것만 있겠습니까. 제 삶을 살펴보면 언제나 쓴맛은 멀리하고 단맛을 찾아다닌 것 같습니다. 힘들고 어렵고 표 나지 않는 것 대신 쉽고 편하고 드러나는 것을 좇은 듯도 하고요.

그런 제 마음을 헤아린 것일까요. 스승인 법륜 스님의 뜻을 따라 사흘간 말 한마디 할 수 없는 묵언 수행을 하며 하루에 열세 시간씩 가부좌를 한 채 명상 수련을 했습니다. 아침과 점심에는 밥 세 숟갈에 두부 섞은 강된장 한 숟갈과 노란 무 반 조각으로 식사를 하고, 저녁에는 주먹보다 작은 감자 한 개가 전부였습니다. 그런데도 배가 고프지 않은 것은 열세 시간의 가부좌가 주는 엄청난 고통 때문이었습니다. 밀어닥치는 고통을 참고 또 참으면 쓰러질 듯한 극한의 고통스러운 순간에 극렬한 통증을 딛고 마구 밀려오는 희열이 몸을 휘감습니다. 10분을 쉬고 다시 명상을 하면 가부좌의 고통은 다시 시작되지요. 숙달의 문제가 아니라 오로지 정신의 문제인 것입니다.

죽을 만큼 힘겹고 고통스러워 눈을 떠 보면 미동도 없는 법륜 스님의 돌부처 같은 모습에, 단맛에 익숙한 동물적 본능과 흐트러진 제 영혼이 통증을 느낄 수밖에 없었습니다.

저를 괴롭히는 제 인생의 모래알을 잘 구슬러야 한다는 것을 배우고 왔는데도 며칠 못 가서 모래알을 빼내려 애를 쓰고 있으니 이를 어쩌겠습니까.

새로이 출발하는
이들 앞에서

글쟁이인 제가 아직도 만년필로 글을 쓰고 이메일도 서툴러 편지도 손글씨로 써서 보낸다고 하면 오히려 참 근사하다고 말해 주는 사람이 의외로 많습니다. 그만큼 만년필로 글을 쓰는 사람이 별로 없어서인 것 같습니다. 심지어 원고지 1만 2천 장 분량의 장편역사소설 『김홍신의 대발해』를 써놓은 노트를 보고는 '인간문화재'라고들 말합니다.

손글씨는 컴퓨터 자판을 두드리는 속도를 도저히 따라잡을 수가 없습니다. 그래서인지 조금 전 떠올랐던 낱말을 잊어버리거나 스토리의 갈피를 못 잡는 수도 있지요. 이어령 선생님의 표현대로라면 "상상력은 날아다니는 나비"와 같은 것인데, 재빨리 잡지 않으면 놓쳐버리기 때문입니다.

글쓰기가 힘들어질 때마다 컴퓨터로 원고를 써야지 하면서도 못하는 것은 잘못된 습관 탓입니다. 처음부터 자판을 보고 더듬더듬 타자를 치는 버릇을 들였기 때문에 200자 정도만 쳐도 어지러울 수밖에 없습니다. 전문가의 조언에 의하면, 아예 처음부터 다시 배우는 방법밖에 없다고 합니다. 그럴 때마다 저는 "말을 하면 저절로 글이 써지는 시대가 머지않았다"고 겸연쩍게 우겨보곤 합니다.

만년필 촉이 닳아 새 만년필을 장만하면, 손에 익숙해질 때까지 두어 달쯤 걸립니다. 사람마다 필체가 다르고 손에 쥐는 법이 다르기 때문에 남이 오래 쓰던 만년필이라 해도 내 손에 익히는 데 시일이 필요합니다. 새 만년필에 익숙해지려면 하루에 원고지 20매 정도를 두어 달 정도 꾸준히 써야 비로소 편해집니다. 그 사이 손가락과 손목에 힘을 주기 때문에 서너 번쯤 마비 증세를 겪을 수밖에 없습니다. 급한 마음에 병원을 찾아가면 무조건 쉬라거나 부목을 하라고 하지요. 당장 원고를 써야 한다고 통사정해서 겨우 스테로이드 주사를 긴급히 처방 받은 적도 있습니다.

만년필도 손에 익숙해지는 데 이런저런 진통과 시간이 필요한

데 하물며 사람은 어떻겠습니까? 연인이나 부부는 진통을 겪지 않고, 처음부터 상대의 생각이 나와 일치하기를 바랍니다. 갈등과 다툼도 맛깔스러워지는 양념이라고 생각하는 것이 현명하다고 말하지만, 막상 저부터도 자신이 없습니다. 흔히 부부는 '전생의 원수'였다며 이생에서 풀고 가라는 뜻이니 '그러려니' 하고 살라고 말하기도 하지요.

부부는 '천적 관계'일 수도 있습니다. 먼 바다에서 잡은 생선을 도시로 운반할 때, 그 생선을 잡아먹는 천적 한 마리를 함께 넣어두면 몇 마리는 잡아먹히지만 나머지 많은 생선들은 천적을 경계하고 긴장하느라 싱싱한 횟감이 된다고 합니다. 최근 의학계의 각종 연구 자료에 따르면 혼자 사는 사람보다 결혼한 사람이 건강하고 수명이 길다고 합니다. 그 이유는 서로 견제하고 자극을 주며 간섭하기 때문이랍니다.

부부가 한집에 살며 갈등과 다툼이 없다면 그것이 '물건끼리 사는 것'과 뭐가 다르겠습니까. 배추를 그냥 먹는 것보다 양념을 버무려 김치를 담그면 영양도 좋고 오래 먹을 수 있듯이, 부부도

부부는 서로 다르다는 것을
반드시 인정해야 함께 살 수 있고,
다르기에 매력이 있으며,
죽는 날까지 다름에
끌려야 한다고 강조합니다.

갈등과 다툼을 양념 삼고 그걸 발효시키는 관계라고 생각하면 좋을 것 같습니다.

이런저런 인연으로 주례 부탁을 받으면 지난번에 한 소리를 또 하기도 그렇고, 신랑 신부에게 걸맞은 이야깃거리를 찾느라 고심합니다. 신랑 신부가 찾아오면, "흔히 부부를 일심동체라고 하는데, 나는 부부가 결코 한마음 한 몸이 아니라고 생각한다"는 말부터 합니다.

서로 다르다는 것을 반드시 인정해야 함께 살 수 있고, 다르기에 매력이 있으며, 죽는 날까지 다름에 끌려야 한다고 강조합니다. 앞에서도 언급했지만, 저는 그래서 결혼하고 적어도 3년 정도는 근본적인 것은 건드리지 말고 자잘한 것으로 재미있게 싸우며 서로를 알아가는 과정을 즐기라고 조언합니다.

그들의 뒷모습을 보며 저는 '그대들이 내 스승이다'라고 스스로에게 말합니다. 주례 부탁을 받은 순간부터 차 조심, 술 조심, 마음 조심을 더 합니다. 행여 제가 잘못을 저질러 구설수에 오르면 그들에게 죄를 짓는 것과 다름없기 때문이지요. 그렇게 저를

좀 더 정갈하게 만들 기회를 선사하는 그들을 위해 감사의 기도
를 드립니다.

쫓아낼 것은 따로 있거늘

요즘 도심의 주택들은 길고양이 때문에 신경을 쓰지 않을 수 없습니다. 저희 집도 고양이들이 드나들며 극성을 부리기는 마찬가지여서 영산홍 꽃밭이 훼손되고 잔디밭 여기저기는 고양이들의 화장실입니다. 녀석들은 느물스럽습니다. 가까이 다가가도 멀뚱거리며 쳐다보기만 하고, 소리쳐도 '나 잡아봐라' 하듯 멀지 않은 곳으로 맴을 돌지요. 가뿐히 담 넘는 재주를 막을 방법도 없고, 연정이 무르익어 짝을 찾느라 밤새 울부짖을 때는 몹시 사납기까지 해서 제게 미움을 사곤 합니다.

그날, 교통사고는 찰나였습니다. 5톤 트럭이 반대 차선에서 제가 탄 승용차의 뒤통수를 스쳐 치받고 저희 뒤를 따라오는 1차선과 2차선의 승용차들을 깔아뭉갰습니다. 0.1초 정도의 편차만 있었어도 운전자와 저는 즉사했을 것입니다. 사고 현장은 아수라장이었습니다. 앰뷸런스, 경찰차, 견인차 들이 몰려오고 4차선 고가도로는 주차장으로 변했습니다.

장맛비가 거세게 퍼붓던 날 부산에서 강연을 마치고 공항으로 가던 길에 생긴 눈 깜빡할 사이에 벌어진 사고였습니다. 사고 나던 시각, 저는 휴대폰으로 통화 중이었기 때문에 먼 곳에 시선을 두고 통화 내용에 몰두하고 있었습니다. 그래서 트럭에 받혀 차체가 요동치고 굉음이 울린 뒤에야 처참한 사고를 알아차렸지요. 만약 무섭게 달려드는 트럭을 보았다면 몸서리치며 비명을 질렀을 것입니다. 공항에 도착해 빗속을 뚫고 서울로 날아오는 비행기 안에서 조금 전 일어났던 사고를 떠올리며 뒤늦게 경악했습니다.

운전하던 사람이 다친 데 없느냐고 걱정해 줄 때만 해도 "더 나쁜 일이 있을 것을 예방해 주는 액땜"이니 걱정 말라고, "뭔가 분명 좋은 일이 생길 것"이라고 위로했습니다. "앞으로 더 재미있고 건강하고 신나게 살라는 가르침일 것"이라며 매우 큰 공부를 했다며 대범한 척도 했습니다.

오래전, 달려드는 버스에 차가 전파되는 사고를 당한 적이 있습니다. 이후 거대한 쇳덩어리나 바위가 덮치는 환몽에 시달려 술과 수면제를 상복하며 견딘 경험이 새삼 떠올랐습니다. 자다가 비명을 지르기도 하고 한낮에 버스가 속력을 내고 달리는 것을 보면 깜짝 놀라곤 했습니다.

강연을 연 주최 측에서 여러 차례 전화를 했습니다. 몸에 이상이 있으면 병원에 가서 진단을 받으라고 할 때마다 괜찮을 거라고 했지만 내심 걱정이 앞섰습니다. 혹시 뒤늦게라도 보이지 않는 마음의 병이 생긴다면 그때처럼 잠결에 놀라 비명을 지르며 꽤 오랫동안 고생을 할 것 같았으니까요.

아수라장이 된 사고 현장이 문득 떠오를 때마다 한바탕 꿈이라고 생각하기로 했습니다. 운전자와 나는 다친 데가 없으니 천행이라고 생각하면서도, 돌아서면 그놈의 5톤 트럭이 자꾸만 저에게 달려드는 느낌이었습니다.

그때 고양이가 담을 넘어와 어슬렁거리며 바로 제 앞을 지나 갔습니다. 하마터면 이 녀석들도 못 보게 될 뻔했다는 생각이 들 자 반가운 마음이 들었습니다.

가까운 도반에게 고양이들을 내쫓는 묘안을 물었을 때 "내 마당이다 생각하니 고양이가 미운 거지요"라고 했던 기억이 떠올 랐습니다. 한 방 호되게 맞은 기분이었지요. 남의 마당에 어슬렁 거리는 고양이를 미워한 적은 없습니다. 우리 집 마당은 오직 내 소유라고 생각하니 이것들이 감히 어디 와서 말썽이냐고 미워했 던 것이지요.

고양이 입장에서 생각해 보면 남의 땅에 집을 짓겠다고 떼를 쓰거나 밥을 달라고 한 것도 아니고, 생존을 위해 헤매다 배고파 쓰레기 좀 뒤지고 조용히 새끼 낳아 키우는데 그리 미워할 이유 가 있느냐고 할 것 같았습니다. 지나가다 잠 좀 자고 새끼들 데 려다 놀기도 하며 더러 실례 좀 했기로, 뭐 그리 야박하냐고 할 지도 모릅니다. 대체 언제부터 이 마당이 당신 것이었냐고 그 동 그란 눈으로 제게 몇 차례 물었던 것 같기도 합니다.

혼자 살 수 없는 세상이라 늘 사고와 위험에 노출되어 있는데
도 저는 울타리 안에 마당을 가꾸고 저 혼자만 보려고 했습니다.
그 녀석들도 당당하게 이 땅을 함께 사용할 자격이 있는데 이 땅
이 제 것이라고만 생각했지요.

그 녀석들을 내쫓을 게 아니라 제 욕심을 쫓아내야 하거늘.

가난한 어머니가
당당할 수 있었던 이유

어릴 적 제가 살던 논산 방죽골에서는 결혼이나 환갑이 마을 잔치로 여겨져 그 며칠 전부터 고소한 냄새가 고샅길로 진동해 참기 힘들 정도였습니다. 손재주가 좋은 사람들은 솜씨 추렴을 하고 일머리가 어둔한 장정들은 차일 치고 멍석 깔고 우물 퍼내기라도 해야만 했지요. 돼지 잡는 아저씨는 서툰 솜씨로 온통 피범벅을 한 채 막걸리 한 대접에 웃음이 담뿍 배어났습니다.

음식 솜씨 하나는 제대로 익혔다고 자랑하는 저희 어머니는 동네잔치마다 솜씨를 뽐냈습니다. 잔칫날에 맞추어 동동주를 담가 은밀히 짚가리 속에 숨겨두는 것도 어머니 몫이었지요. 그 시절에는 집집마다 사사로이 담그는 술을 밀주라 해서 단속반에 걸리면 불려 가고 생돈을 뜯기기 마련이었는데도, 서민들은 억척스럽게도 몰래 술을 담가 은밀히 즐겼습니다.

어머니는 잔칫집의 음식을 적절히 배분하여 상차림을 책임지는 과방의 지휘자로 그 위세가 당당했습니다. 잔칫집의 '과방장'은 그 집안 잔치의 흥망을 좌지우지할 수밖에 없었습니다. 음식이 모자라거나 상하거나 맛이 없으면 잔치를 망치기 때문이었지요. 가난하고 배고프던 시절이어서 배를 채우려 기웃거리는 사람들로 뒷말이 무성했습니다. 그래서 적은 돈으로 푼푼하게 상차림을 할 수 있게 도와주는 사람이 대접을 받았던 것입니다.

그런데 그토록 위세가 당당한 어머니가 하나밖에 없는 아들에게는 잔칫집에 얼씬거리지 못하게 했습니다. 어머니는 잔칫날이면 어린 제게 꼭 이런 다짐을 받았습니다.

"잔칫집에 절대 얼씬거리지 마라. 내 눈에 뜨이면 혼난다."

남들은 행주치마에 감춰 자식에게 부침개 한 조각이라도 먹이려고 안달을 하는데 어머니는 어림 반 푼어치도 없었습니다.

"느그 엄니는 다 좋은디 자식한테 야박한 걸 보면 참말로 징햐."

사람들이 이렇게 수군거려도 어머니는 손님상은 푼푼하게 차

마을 잔치를 내 잔치마냥 챙기던 어머니는
정직과 신뢰, 성실과 책임감을
몸소 가르쳐주셨습니다.

려주면서 친척들에게도 야속하게 굴었습니다. 친척 애들이 과방 근처에 얼씬거리면 그 어머니를 야단치기도 했지요. 그러니 저는 멀찍이 떨어져서 애들이 얻어 온 것을 겨우 얻어먹거나 푼더분한 아주머니들 덕에 겨우 서러움을 달래곤 했습니다.

잔칫집에는 근방의 동냥아치들이 모여들기 마련이었습니다. 그들도 어머니에게 잘못 보이면 국물도 없다는 것을 알기에 담아 주는 대로 고분고분 받아 가곤 했습니다. 잔치가 끝나면 과방이건 부엌이건 잔심부름을 한 총각들에게까지 남은 음식들을 고만고만하게 나누어 봉송(奉送)을 했습니다. 그리고 정작 가장 고생한 어머니는 빈손으로 돌아와 혼곤하게 잠들어버렸으니, 제가 의붓어머니라고 생각할 만도 했지요.

어머니에게는 남모를 한이 있었습니다. 큰아버지에게 후손이 없어 차남의 아들인 저를 큰집 양자로 입적시켜야 한다는 문중 어른들의 명령을 어머니가 정면으로 거부한 적이 있었습니다. 그 바람에 어머니는 집안에서 미운털이 박혔고 집안 대소사 때마다 지청구를 듣는 신세였지요. 어머니는 자식 하나는 잘 길렀다는 소리를 듣는 것이 왕따에서 해방되는 길이라고 믿었는지도 모릅니다.

나중에 알게 된 이야기이지만, 제가 국회의원이 되자 친인척들이 어머니에게 갖가지 부탁을 했다고 합니다. 어머니는 지인들의 청탁을 어머니 손에서 딱 잘라버리고 욕설과 험담을 혼자서 감내하셨습니다.

"자식 잘 됐다고 유세 떠느냐!" "좀 봐주면 어디 덧나느냐!" "평생 높은 자리에 있을 줄 아느냐!" 등등 모진 소리를 들은 어머니는 "내 자식이 바른길로 가면 그만이지 더 뭘 바랄까!"라고 일갈하셨다고 합니다.

잔칫집에서 돈 한 푼 받는 것도 아니면서 내 잔치마냥 아금박스럽게 챙기던 어머니가 마을에서 두목 노릇을 한 까닭을 철들어서야 알았습니다. 어머니가 그렇게 몸으로 정직과 신뢰, 성실과 책임감을 가르쳤건만 저는 그 뜻을 오래도록 헤아리지 못했던 것입니다. 이게 불효가 아니고 무엇이겠습니까.

소중한 것을 향한
마음의 소비

우리는 욕구를 충족시키기 위하여, 필요한 물자 또는 용역(用役)을 이용하거나 소모하는 일을 하며 살아가게 마련입니다. 소비하기 위해 태어났다고 해도 과언이 아니지요. 그렇다면 인간에게 가장 아름다운 소비는 과연 무엇일까요? 한마디로 말하면 '따뜻한 마음'을 소비하는 것이라고 생각합니다. 우리 마음속 깊은 곳에서 온정과 사랑을 퍼내어 이웃에게 나누어주고 아낌없이 소비해도 결코 고갈되지 않으니까요. 옛이야기 속 '화수분 맷돌'처럼 퍼내고 퍼내도 그침 없이 샘솟는 것이 인정이며 사랑입니다.

세상에서 아름답고 신비로운 것들은 대체로 신이 만든 것들이지만, 사람이 만든 것 중에 가장 신비롭고 아름다운 것은 따뜻한 마음의 소비일 것입니다. 따뜻한 마음을 나누려면 인연의 신비함과 아름다움을 인정해야 합니다. 인연이란 하늘에서 좁쌀한 알이 바람에 날려 떨어지다가 하필 땅에 거꾸로 박혀 있는 바늘 끝에 탁 꽂히는 것만큼이나 드문 확률로 일어나며, 그만큼 소중한 것입니다.

세상 모든 사람은 인연의 고리로 이어져 알게 모르게 서로 도움을 받으며 삽니다. 혼자서는 살 수 없지요. 그래서 좋은 사람을 만나 서로 즐겁게, 더불어 사는 재미를 누리며 살아가야 합니다. 상대가 있어 마음이 편안해야 하고 아픔은 스스럼없이 나눌 수 있어야 하지요. 사람답게 살기 위해서는 사람과 사람이 어울리며 살아야 합니다.

부모를 잃은 아이들이나, 그렇지는 않더라도 외롭게 자라는 어린이에게는 '마라스머스'라는 병이 생기곤 한답니다. 이 병을 앓게 되면 신체 발육이 더디고 온몸에 기운이 빠져 시름시름 앓다가 죽는 경우가 흔하다고 하지요. 이것은 애정 결핍과 신체 접촉의 결핍으로 생기는 병이기 때문에 현명한 치료법은 당연히 '사랑'뿐이라고 합니다. 보육원에서 갓난아기들을 돌볼 때, 보모가 1년 동안 바뀌지 않은 아기들은 발육 상태가 좋고 건강하지만, 보모가 자꾸 바뀐 아기들은 상대적으로 발육 상태가 나쁘고 건강하지 않다고 할 정도입니다.

로마 시대의 한 황제는 사람이란 태어날 때부터 하느님이 라틴어로 말할 수 있는 능력을 부여했을 것이라는 생각에 사로잡혔습니다. 그래서 갓난아기들을 징발해 공동 양육하며 한쪽은 계속 말을 걸고 어루만져주고, 다른 한쪽은 먹을 것을 주는 것 외에 최소한의 신체 접촉만 시켰습니다. 말하고 만져준 아기들은 모두 건강하게 자랐고 그렇지 않은 아기들은 모두 죽었다는 글을 읽은 적이 있습니다. 사물에 대한 판단력이 미약한 아기들이지만 사랑받고 싶어 하는 마음만은 간절한 것입니다.

현대 의학에서도 사랑의 징표로 눈빛, 대화, 스킨십, 배려, 헌신을 열거하기를 주저하지 않습니다. 인간관계는 옳고 그름의 문제로 풀 수가 없지요. 오히려 좋고 싫음의 문제로 해석할 수밖에 없습니다. 그렇기에 사람들 속에서 건강하게 살려면 자신이 먼저 상대에게 사랑의 대상이 되어야 합니다. 인간관계를 위해서는 타인을 향해 다가서는 정성과 더불어, 받는 이가 따스하게 느낄 수 있는 온기가 있어야 합니다.

쇼펜하우어가 말하는 '고슴도치 딜레마'라는 것은 현대인들의 대인 관계를 말하는 것인데, 고슴도치들이 겨울을 날 때 너무 가까워지면 서로 가시에 찔리고 너무 멀면 각자 얼어 죽는 상황을 빗대어 설명한 것입니다. 사람들이 너무 가깝게 지낼 경우 오히려 상처를 많이 받을 수 있다는 이야기지요. 그러나 인간은 사회적 동물이기 때문에 혼자 살아갈 수는 없습니다. 어쩔 수 없이 마음을 여는 순간 상처를 입고, 다시 아물고, 또다시 상처를 받다 보면 어느 순간 주변 사람들과 적당한 거리를 유지하게 됩니다.

그러나 고슴도치의 가시가 아무리 날카로워도 새끼를 젖 먹여 키우는 데는 아무런 문제가 없습니다. 앞가슴 쪽에는 가시가 없기 때문에 새끼에게 젖을 먹이는 데 방해될 것이 없지요. 사람도 마찬가지가 아닐까요. 옆구리나 등이 아닌 앞가슴으로 상대를 받아들이면 얼마든지 따뜻한 마음을 주고받을 수 있을 것입니다. 사랑으로 소통할 수 있는 이웃은 생각보다 가까운 곳에 있지요. 세상에 살아 있는 것, 그 생명의 가치보다 더 나은 가치는 없습니다. 그 소중한 것을 향한 따뜻한 마음의 소비는 아무리 해도 지나치지 않으며 고갈되지도 않을 것입니다.

3장

스스로 깎고
다듬질하는 이유

세상의 모든 것과
함께 살아가기

 세상을 '함께' 살아야 한다고 말은 하면서도 대부분 '혼자' 살아가는 방식에 길들여져 있습니다.

운전하는 남성들 중에는 담배꽁초를 차창 밖으로 던져 버리는 사람들이 꽤나 많지요. 그들을 유심히 살펴보면 관상 좋은 사람이 별로 없습니다. 마음이 일그러졌기 때문입니다. 사람은 먹고 생각하고 행동한 대로 모습이 변할 수밖에 없습니다. 관상이 좋으니 나쁘니 하는 것은 그 사람이 풍기는 분위기를 뜻합니다.

지하철, 기차, 비행기에서 신문을 활짝 펼쳐 소리 나게 뒤적이고, 쓰레기를 바닥에 버리고, 큰 소리로 장황하게 휴대폰 통화를 하고, 아이가 돌아다니며 소란스럽게 해도 단속하지 않고, 큰 소리로 아무렇지 않게 상소리를 하고, 심지어는 성추행과 같은 범죄를 서슴지 않는 사람들을 떠올려보면 관상이 지독하게 나쁘다는 것을 대번에 알 수 있습니다.

그들은 '함께 사는' 일이 얼마나 소중한지 모르는 데다 심보가 어긋나 있기에 온몸에서 풍기는 분위기가 좋을 리 없습니다. 그런 사람은 점점 혼자가 될 수밖에 없지요. 주변 사람들이 하나둘 떠나거나 곁에 있더라도 그들을 달가워하지 않게 됩니다. 함께하는 것이 행복하다는 사실을 체득하지 못한 탓이지요. 깨달음이란 나의 무지(無知)를 알고 세상의 무지를 아는 것이라고 했습니다. '혼자' 살아도 그만이라는 무지를 벗어나려면 '함께' 살아가는 지혜를 얻어야 합니다. '함께' 살려면 양보, 배려, 협동심, 보살핌이 반드시 필요합니다.

근래에 일간지에서 다사롭고 향기로운 기사를 읽었습니다. 경기도 가평군 현리의 한 마을에는 분필로 쓴 여자 이름이 담벼락마다 도배되다시피 했다고 합니다. 힘들여 지우면 어김없이 곧바로 되풀이되는 분필 낙서는 수십 일 동안이나 주민들을 괴롭혔습니다. 신고를 받은 경찰은 화가 난 주민과 합동으로 '낙서범' 검거를 위해 탐문 수사에 이어 잠복 수사까지 하기에 이르렀습니다.

몇 시간 만에 잡힌 범인은 어린 초등학생 남자아이였습니다. 마을 이장과 주민들이 자초지종을 따져 물었더니 한 시간쯤 지난 뒤에야 아이는 입을 열었습니다. 서울에서 전학 온 지 얼마 되지 않은 아이였는데, 분필 낙서의 여자 이름이 어머니의 이름이라고 말했습니다.

"많은 사람들이 엄마의 이름을 같이 보고 불러주면, 엄마 아픈 거, 힘내서 다 나을 것 같아서…… 잘못했어요."

아이가 낙서한 이유를 말하자 경찰관들의 눈시울이 붉어졌다지요. 경찰과 마을 사람들은 아이의 머리를 쓰다듬으며 "동네 어디에든 마음껏 낙서를 해도 된다"고 했습니다. 경찰과 이장은 문방구에서 분필 다섯 통을 사서 아이에게 쥐어주었다고 하고요. 그 뒷이야기는 잘 모르겠지만 아마도 그날부터 분필 낙서는 사라졌을 테고 그 아이는 평생 이 아름다운 이야기를 가슴에 담고 또 다른 사람들에게 베풀며 살아갈 것 같습니다.

담벼락마다 몰래 엄마 이름을 쓴 꼬마는 아픈 엄마의 이름을 많은 사람이 불러주면 낫는다는 내용을 만화나 동화 책에서 읽었을지 모릅니다. 남의 담벼락에 낙서를 한 뒤 겁을 먹고 달아나 숨어버렸던 아이는 마을 어른들과 경찰의 따스한 배려에 세상은 결코 '혼자'가 아니라 '함께하는', 살 만한 가치가 있다는 걸 알았을 것이고요. 아이의 엄마가 많이 아파서 물 맑고 공기 좋은 곳으로 잠시 휴양차 이사했을지 모릅니다. 지금쯤 엄마의 병이 완쾌되어 그 아이의 얼굴에 웃음꽃이 활짝 피었으면 합니다. 그리고 아이를 다사롭게 감싸준 경찰과 마을 사람들에게 고마운 마음을 전하고 싶습니다.

환경 파괴와 기후변화로 꿀벌이 사라지고 사과와 감 등의 가격이 두 배로 올랐습니다. 정상적인 상황이라면 과수원을 하는 농민들이 쓰지 않아도 될 인공수분(人工受粉) 비용을 몇 백만 원씩이나 들이고도 생산량이 60퍼센트나 줄었다며 "벌이 사라지니 돈도 날아갔다"고 한숨짓는다고 합니다. 하찮게 여겼던 벌이 사라지면 생태계 전체에 교란이 시작될 수도 있습니다.

우리는 서로 남의 잘못으로 환경이 파괴되었다고 생각하곤 합니다. 자신이 함부로 버린 쓰레기 탓에 지구가 몸살을 앓는 것은 아닌지 살펴보는 다사로움이 곧 더불어 사는 지혜입니다. 가장 잘 사는 방법이란 세상의 모든 것과 '함께' 살아가는 것이니까요.

떠날 때는 아무것도
가질 수 없습니다

우리는 누구나 '괜찮은 사람'으로 기억되기를 바랍니다. 죽은 뒤에도 많은 사람들이 오래도록 아쉬워하기를 바랄 것이고요.

사람이 죽은 후 입는 옷인 수의에는 주머니가 없습니다. 주머니를 만들지 않은 뜻은, 죽은 다음에는 홀로, 빈손으로 가야 한다는 의미를 담고자 해서일 것입니다. 그래서 예로부터 잘 사는 법과 잘 죽는 법에 대한 이야기가 무수히 떠돌고 그중에 잘 다듬어진 것을 삶의 지혜로 여겼습니다.

한참 전에, 마음을 다스리기가 어려워 며칠 동안 명상을 하며 만약 죽는다면 어떤 후회를 하게 될까를 적어본 적이 있습니다.

첫째, 내 것도 아닌 남의 잣대에 나 자신을 맞추려 애써온 것.

둘째, 일과 인연에 얽매여 나 자신을 혹사시키며 살아온 것.

셋째, 진정한 행복을 추구하는 나 자신에 충실하지 못하고 잘 놀지 못한 것.

넷째, 지나고 보면 별것 아닌데 매사에 애면글면, 노심초사하며 살아온 것.

다섯째, 세상을 두려워하며 스스로를 낮추어 열등감에 젖었고, 남과 비교하며 가슴앓이한 것.

그 후로 사람들을 만날 때마다 죽을 때 어떤 후회를 하게 될 것 같으냐고 물어보았습니다. 각자 표현은 달랐지만 내용은 별반 다르지 않았습니다.

내용을 살펴보면 나 자신을 좀 더 행복하게 만들지 못한 것을 후회하는 것이었습니다. 행복은 분명 가까운 곳에 있는데 막연히 세상 사람들을 부러워하며 헤매고 다닌 듯했습니다. 남들이 부러워하는 사람이 되는 것이 행복이고 그 도구가 명예, 돈, 권력이라고 생각하기 때문이지요.

행복을 얻는 방법에는 소극적 쟁취와 적극적 쟁취가 있습니다. 소극적 쟁취는 실패, 좌절, 고통 등을 애써 피해 가며 행복을 얻으려는 것이고, 적극적인 쟁취는 그런 것들을 피하지 않고 힘껏 껴안으며 극복하여 얻는 것입니다.

　소극적인 방법으로 행복을 쟁취하려 한다면, 언젠가는 내 행복을 남들에게 모두 도둑맞게 될 것이고 스스로 행복을 버릴 수도 있습니다. 행복을 지키려고 애써도 걸핏하면 도둑맞거나 빼앗기는 세상이니까요.

　지금 또다시, 죽을 때 후회하게 될 다섯 가지를 써보라고 하면 무엇이라고 쓰게 될까요? 별수 없이 소극적인 방법으로 얻게 되는 행복에 대해 쓸 수밖에 없을지 모릅니다.

　살다 보면 제 이름과 제 소설에 얽힌 인연들과 만나곤 합니다. 아들 이름을 한자까지 똑같이 '홍신(洪信)'으로 지었다는 아버지를 만나면 가슴이 뭉클해지고, 그 아버지를 부끄럽게 해서는 절대 안 된다는 생각에 겁이 나기도 합니다. 『인간시장』의 주인공

장총찬의 이름 끝 자와 제 이름의 첫 자를 붙여 아들 이름을 '홍찬'으로 지은 부모를 만나면 엄청 기쁘고 감격스럽지만, 제 남은 인생이 실패하면 안 된다는 걱정이 앞서지요. 『인간시장』의 여주인공 '다혜'를 딸 이름으로 지은 어머니와 딸을 만났을 때 감격 뒤에 오는 '잘 살아 보답해야 한다'는 강박관념도 있습니다.

『세상의 모든 것과 동업하라』를 지은 김병태 선생이 『인간시장』을 보고 출판사를 차려 대박이 났다는 기사를 읽으며 가슴 뜨거웠지만, 빨리 더 좋은 소설을 써서 보답해야 한다는 부담감도 갖게 되었습니다. 주례를 서면서, 혹여 제가 실수하는 일이 생기면 이 젊은이들이 얼마나 부끄러워할까 생각하며 잘 살 궁리를 하게 됩니다.

어느 날 친지의 주례 부탁으로 젊은이들이 찾아왔을 때 "그대들을 보며 내가 부끄럽지 않게 살아야겠다고 생각했으니 그대들이 내 스승이 되었네. 참 고맙네"라고 했습니다. 빈말이 아니었습니다. 진심이었지요. 인기 연예인이나 널리 알려진 사람들이 과거지사, 말 한마디 때문에 천길 벼랑으로 추락하는 모습을 나날이 지켜보면서 제 마음을 바로잡게 됐으니 어찌 스승이 아니겠습니까.

삶의 목적은 여지없이 행복이고, 행복은 거창한 것이 아니라 자신을 즐겁게 하는 일상의 모든 것입니다. 세상의 모든 것을 스승 삼아 기쁘게 사는 방법을 배워야겠습니다. 그러나 저는 여전히 소극적이고 방어적인 방법으로 강렬한 행복을 얻기를 원하는 어리석음에서 벗어나지 못하고 있으니 어쩌면 좋을까요.

본래의 모습을
찾아서

사람은 한 번 살고 떠나지만 어떤 형태로든 흔적을 남깁니다. 사람의 흔적이 곧 역사이고 역사의 창고가 박물관이고 박물관은 현재와 과거의 조합입니다. 박물관은 조상의 모습이 형상화된 곳이지만, 그곳에서 자신의 모습을 관찰할 수도 있습니다. 우리가 박물관을 찾아가는 것은 자신의 존재 가치와 역사를 살피기 위해서입니다.

산방산을 고즈넉하게 바라보고 장엄한 기상을 느끼게 하는 본태박물관은 2012년 늦가을, 제주도 남쪽 서귀포시 안덕면 바닷가에 설립되었습니다. 고운 햇살이 나뭇잎을 틔우고 살랑바람이

꽃잎을 간질이고 파도 소리가 유채꽃들에게 노래를 불러주는 봄
날에 본태박물관을 찾은 적이 있습니다. 제주도민들의 향기로운
삶을 도모하기 위해 마련한 '인문학 잔치'의 첫 번째 강의를 하기
위한 발걸음이었지요.

풍광이 수려한 제주도 서귀포시 안덕면 바닷가 야트막한 구릉
지에 한눈에도 범상치 않은, 현대적 미감을 발하는 누드콘크리
트 기법의 건물이 자리 잡고 있었습니다. 세계적인 건축가 안도
다다오의 설계 솜씨가 돋보였습니다. 본태박물관 설립자인 이행
자 고문께서 40여 년간 다정불심(多情佛心)으로 수집한 우리의
전통 수공예품 1,500여 점과 현대 예술의 거장인 백남준, 피카
소, 구사마 야요이 등의 걸작들이 전시되어 있었습니다.

안도 다다오의 명작으로 통하는 본태박물관은, 만져보면 누드
콘크리트의 질박함과 그리스의 고대 신전에 사용한 대리석의 촉
감을 느낄 수 있습니다. 콘크리트에서도 비단결을 느끼게 하고
빛과 물을 조화롭게 어우러지게 한 정교한 공법과 순수기하학적
형태의 건물을 보노라면, 누구라도 단박에 전통과 현대를 천사

의 손으로 다듬었다는 생각을 하게 됩니다. 담장에는 우리의 전통 기와를 얹고, 사잇길은 작은 냇물과 소박한 다리와 자박자박 발걸음 소리를 내며 걷던 골목길을 연상케 합니다. 하늘과 바람과 바다와 호수와 나무와 꽃들이 함께 몸짓으로 춤을 추듯 펼쳐집니다.

아름답다는 것은 첫째 안정감이요, 둘째는 주변과 잘 어우러짐이요, 셋째 고유의 향기가 있어야 합니다. 동서양을 막론하고 이 세 가지 요소가 갖추어지지 않으면 걸작이라 할 수 없습니다. 유네스코 세계유산에 등재된 제주의 자연미를 훼손시키지 않고 자연과 더불어 수려한 자태를 뽐내는, '본래의 모습'이라는 박물관 명칭인 본태(本態)의 정결함을 마음에 담았습니다. 관장의 안내는 전문가다운 안목이 엿보였습니다.

본태박물관 제1관에는 박물관의 상징적 유물인 갖가지 소반, 여인들의 한과 흥이 담뿍 스며 있는 보자기, 남성들의 손길과 열정이 묻어나는 목가구, 손으로 짜고 혼으로 엮은 자수용품들이 마치 용궁의 잔치 마당처럼 펼쳐졌습니다. 9층으로 만든 소반 타

워는 위에서 보면 소반의 생김새이고, 아래에서 보면 다리의 짜임새라서 치열한 장인 정신이 느껴졌습니다.

제2관에서는 왜 한국인인 백남준 선생이 세상을 흔들었는지를 여실히 느끼게 해주는 걸작과 피카소의 걸작을 함께 감상할 수 있습니다. 영국의 3대 조각가로 평가받지만 우리나라에서는 잘 알려지지 않아 좀처럼 감상의 기회를 얻기 힘든 앤서니 카로와 데이비드 내시의 명작도 펼쳐져 있습니다. 특이한 것은 안도 다다오의 '명상의 방'인데, 미로로 꾸며진 곳을 통과해 조선 문짝으로 3면을 막고 산방산 쪽 오름의 햇살 기운을 은은하게 받으며 정좌를 한 채 마음을 닦을 수 있는 방입니다.

제3관은 환상과 경이와 찬란과 격렬의 전시관이라 할 수 있습니다. 구사마 야요이의 대표적인 설치 작품 〈호박(pumpkin)〉과 문을 열고 들어서면 극락이 이렇게 생겼으리라 싶은 '무한 거울의 방'이 있습니다. 영혼의 형상이거나 천국에나 있을 것같이 신비롭습니다.

제4관에 들어서면 인간의 영원한 숙제, '죽음'이 찬연한 예술로 승화될 수 있다는 생각을 하게 됩니다. 이승에서 저승으로 가는 길 가름의 상여와 저승길의 동무가 되는 꼭두, 떠나는 자와 살아 있는 자의 마지막 인연 가름이지만 가장 따뜻한 미학입니다.

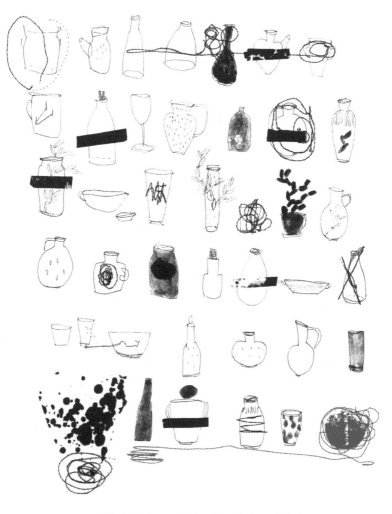

정확하지 않은 것들을 믿고 살아온 세월이
얼마나 길었는가를 돌아보다 보면,
좀 더 자신의 존재에 대해 성찰하라는
가르침을 얻을 수 있습니다.

장례 풍습이 간소해지고 마을 공동체가 해체되면서 상여가 겨우 열 개밖에 없다는데, 본태박물관의 상여는 영롱한 색채와 조각의 섬세함과 그 구성이나 창의성이 하늘도 감동할 만합니다.

일반 백성들이 사용했던 상여이지만 저세상 갈 때는 왕이나 왕비처럼 대우하는 마지막 예우의 진정한 의미를 가슴에 새겼습니다. 우리의 전통이 찬란하고 웅혼하며 인간의 참모습다워서 마음으로 머리를 숙였습니다. 우리 본래의 모습이 이 정도로 멋지다는 것을 확인하고 어찌나 가슴이 뿌듯했던지요.

먼 길을 여행하는 것

오래전에 장만한 체중계는 숫자가 들쭉날쭉하기도 하고, 간혹 금방 몸무게를 재고 다시 재면 몇 백 그램씩 차이가 나곤 합니다. 그래도 아직은 쓸 만한 것 같아서 버리지 않고 사용하던 중 최신형 체중계를 선물 받고 번갈아 체중을 달아보았더니, 구형 체중계가 대략 500그램 정도 가볍게 표시된다는 것을 알게 되었습니다.

그 순간 기분이 참 묘했지요. 삽시에 제 몸이 불어난 듯도 했고, 신형 체중계의 성능에 대한 의문도 생겼으며, 구형에 대한 애착도 생겼습니다. 어쩌면 500그램만큼 제 인생에 오차가 생긴 듯도 했습니다. 평생 몸무게 변화가 거의 없다고 자랑 아닌 자랑을 했기에 슬그머니 나잇살이라고 덤터기를 씌어보았습니다. 얕은 지식으로 호르몬 감소에 의한 신체적 변화와 책상 앞에 오래 앉아 있게 만들었던 글을 쓰거나 책 읽는 습관에 혐의를 두기도 했지요.

그러다가 문득 신형과 구형 체중계가 제게 가르침을 준다는 생각을 했습니다. 정확하지 않은 것들을 믿고 살아온 세월이 얼마나 길었는가를 구형이 가르쳐주었다면, 신형은 좀 더 자신의 존재에 대해 성찰하라는 가르침을 주었습니다.

제 육신의 500그램이 문제가 아니라 제 영혼의 500그램과 제 인생의 500그램을 내려놓아야 한다는 생각을 하자, 신형 체중계가 보물처럼 느껴졌습니다. 육신과 영혼을 500그램쯤 줄이는 것은 탄수화물을 약간 줄이고, 밤에 주전부리를 하지 않고, 스트레스를 적절히 받는 편이 오히려 건강에 좋다는 것을 믿고, 마음의 평정을 위해 명상 시간을 5분 정도 늘리고, 모든 일에 지나치게 예민해지지 말고, 인연에 대해서는 연연해하지 말고, 스스로 짊어진 갖가지 짐을 조금 덜어내고, 조금만 더 가볍게 걸어가면 될 것 같습니다. 육신과 영혼이 함께 가벼워져야지, 어느 한쪽이 더 무거우면 조화롭지 않을 것입니다. 물론 둘 중에 우선순위를 따지자면 영혼을 먼저 선택하는 것이 현명하겠지요.

노화와 관련한 인하대 김은기 교수의 칼럼을 본 적이 있습니다. 수십조 개가 넘는, 사람의 세포 끝에는 텔로미어라는 돌기가 있는데, 세포가 분열할 때마다 점점 짧아진다고 합니다. 어린이나 젊은이는 텔로미어의 길이가 길고 활동이 왕성한데, 그 길이가 짧아진 노년기에는 암이나 치매 같은 질병에 대한 저항력이 약해집니다. 그동안 한번 짧아진 텔로미어는 다시 길어질 수 없다고 믿었는데, 2014년 캐나다 맥마스터대학 연구팀은 적절한 운동을 하면 '마요킨 IL~15'란 물질이 증가하여 텔로미어의 길이가 달라진다는 연구 결과를 발표했습니다. 이 주장이 옳다는 것을 입증하는 연구 결과도 뒤따랐지요.

2015년 2월에 《미국대학심장학회지》는 고강도 운동보다 중강도의 운동이 텔로미어 길이를 늘이고, 그 영향으로 수명을 연장하게 된다고 공표했습니다. 고강도 운동보다는 중강도 운동을 하는 것이 유익하며 시속 8킬로미터 정도가 장수 운동이라고 했습니다. 운동을 너무 적게 하거나 많이 하는 것보다 적절한 운동을 하는 것이 건강하다는 이른바 호르메시스(hormesis) 이론은 동양의 중용 이론과 비슷한 것입니다. 운동뿐 아니라 식사, 음주, 심지어 스트레스까지도 과하거나 약한 것보다는 중간 정도가 좋다고 하지요.

인생은 먼 길을 여행하는 것과 같습니다. 먼 길을 가려면 반드시 먹고 자고 걷기 위해 이것저것 필요한 것을 지고 가야 합니다. 그러나 너무 많은 것을 짊어지면 쉽게 지칠 수밖에 없습니다. 그렇다고 너무 가볍게 꾸려 가면 불편할 것입니다. 전문 산악인들은 짐의 무게를 줄이기 위해 칫솔의 길이도 잘라서 사용한다고 합니다. 칫솔의 무게가 얼마나 될까마는 그 무게까지 줄여야 할 만큼 산악인들은 등산 장비의 무게와 신경전을 벌이지요.

제 스승께서는 늘 "잔뜩 짊어지고는 멀리 못 가니 내려놓고 가볍게 걸어가라"고 하셨습니다. 그러나 세월이 흐른 뒤에야 제가 짊어진 무거운 등짐은 제 마음이 마구 퍼 담은 욕심이라는 것을 알았습니다. 알았으면 내려놓아야 할 텐데 제 욕심은 찰거머리를 닮았거나 강력 접착제가 붙어 있는 듯 떨어져 나가지 않았지요.

'사람의 욕심은 죽어서야 사라지는 것'이 아닐까 하는 생각도 해보았습니다. 욕심 때문에 망하고 다치고 슬프고 고통스럽고 죽기까지 하는 세상 이치를 뻔히 알면서 어찌 '적절한 욕심'을 유지하지 못하는지 모르겠습니다.

나무가 모두
똑같이 생길 수 없듯이

"배설물은 방에 있으면 오물이지만, 밭에 있으면 거름이 된다." 우리가 지니고 사는 근심, 아픔, 두려움 따위를 마음에 그대로 두면 고통일 뿐이지만, 마음 밖에 두고 바라보면 지혜가 될 것입니다.

봄이 무르익어 여름을 캐러 산에 가던 날, 산모퉁이를 돌아서는데 향내가 저를 휘감았습니다. 짙은 아카시아 꽃향기가 바람을 타고 온 산에 퍼지고 있었습니다. 꽃향기에 취해 걸음을 멈추고 오장육부 구석구석까지 적시느라 심호흡을 했습니다. 휴대폰으로 흐드러진 아카시아 꽃을 찍으며 향도 저장하는 기술이 개

발되기를 바랐습니다.

그런데 가만히 생각해 보니, 저는 그동안 아카시아 나무를 꽤나 미워했었습니다. 아카시아는 생명력이 강해 아무 데서나 잘 자라고 번식력도 좋은 편이기 때문입니다.

고향 마을 조상님을 모신 산에도 소나무만큼이나 아카시아 나무가 많습니다. 한 계절만 게으름 피우면 어디서 날아와 뿌리를 내렸는지 아카시아 나무가 묘는 물론 사방에 퍼져 터줏대감 행세를 하곤 했습니다.

부모님 살아 계실 적에는 몇 해 걸이로 아카시아를 자르고 약을 쳐 고사시키는 행사를 했습니다. 어느 해에는 저도 인부들 틈에 끼어 아카시아 박멸 작전에 동참했습니다. 우리는 농약상에서 사 온 독한 약을 잘라낸 나무 그루터기에 두껍게 발랐지요. 그래도 소용없는 것이 옆으로 새순이 돋아 자라거나 자욱하게 휘날린 씨앗들이 점령군이 된 듯이 퍼져 여전히 터줏대감 행세를 하고 있었습니다. 세월이 흐른 지금은 극악스럽게 새끼를 퍼뜨리는 아카시아와 흥정을 해서 산소 자리에 자라는 버르장머리 없는 것들만 뽑아내곤 합니다.

아카시아는 본성대로 사느라 열심히 씨를 뿌려 자라나는 것인데, 다른 산에 있는 아카시아는 꽃향이 좋다고 사진까지 찍어대면서 우리 산에 있는 것들은 그리도 미워했던 것입니다.

비단 아카시아뿐이겠습니까. 세상살이를 하며 저에게 불편을 주는 것은 모두 나쁜 것이라 하고, 제가 불편하지 않으면 관심을 갖지 않고 산 것 같습니다.

지난겨울 모진 추위에 사철나무가 얼어 죽자 조경 전문가인 후배가 달려와 사철나무로 울타리를 꾸미고 영산홍과 다복솔을 가지치기하고 야생화를 곳곳에 심어 마당이 화사해졌습니다. 그러나 전문가의 손길이 닿았는데도 마당의 나무들은 전처럼 말끔하게 다듬어지지 않았습니다. 나무가 옛날 남학생 상고머리처럼 금방 깎아놓은 밤톨 같은 모습이 아니고 곁가지들이 들쭉날쭉했지요. 얼기설기 깎다 만 듯하고 손질한 티가 나지 않아 까닭을 물었습니다.

"전에는 둥글고 가지런하게 가지치기를 했지만 요즘은 나무의 생김새를 살려 깎습니다."

그 말을 듣고 다시 살펴보니 예전의 그 억지스러운 모습보다 자연스럽고 운치 있게 보였습니다. 나무는 나무다워야 제멋이 있는 것인데, 사람이 제 눈의 잣대로 손질하기 때문에 인공적인 멋에 길들여진 것입니다.

저희 집 단감나무는 여러 해째 꽃이 피지 않았고 감이 열리지 않았습니다. 제멋대로 웃자라기에 보기 좋게 가지치기를 해준 탓이었습니다. 올해 움튼 새 가지가 한 해 뒤엔 꽃이 피는 법인데, 그것을 못 참고 내 기준에 맞춰 다듬으니 감이 열리지 않는 것입니다.

어디 나무뿐이겠습니까. 세상을 제 시각과 제 판단으로 재고 자르고 한 세월이 얼마나 길었을까요.

"꽃들이 모여 화단이 되듯 다양한 사람이 모여 세상이 된다"고 하지 않았습니까. 다양한 사람이 다양한 삶의 모습을 가진 것을 인정해야 하는데, 저는 늘 제가 하는 생각이나 행동만이 옳다고 굳게 믿은 것 같습니다.

나무가 다 똑같이 생길 수 없듯이 사람도 각자 다른 것이 정상인데도, 저는 세상을 옳고 그름의 문제로 인식했던 것 같습니다. 그러니 저도 남들의 잣대에 맞추어 살기 위해 애써 스스로 깎고 다듬질을 해서 남의 비위를 맞추며 살아온 것 같습니다.

결국 제가 저 자신을 도둑맞으며 살아온 것은 아닐까요. 남들에게는 세상의 주인이 바로 당신이고 한 번밖에 못 사는 인생이니 잘 놀다 가지 않으면 불법이라고, 제발 주인처럼 살라고 강조하면서 정작 저는 사람들의 시선과 잣대에 맞추느라 종처럼 산 것은 아닐까 생각해 봅니다.

4장

물처럼 바람처럼

엿장수와
독립투사

6·25전쟁 직후 대한민국은 궁핍하다 못해 온 국민이 거지꼴이라고 해도 과언이 아니었습니다. 그러나 저는 극성스러운 어머니 덕에 구호물자로 배급받은 서양 애들 옷을 줄여 입고, 검정 고무신을 신고, 가슴에 손수건을 옷핀으로 달고 유치원에 다녔습니다. 병원장 아들이나 산파네 딸은 어찌 구했는지 그 날렵하고 예쁜 운동화나 구두를 신었습니다. 제 닳아빠진 검정 고무신과 나란히 놓여 있던 그 운동화가 꿈속에서도 어른거려 어머니를 졸라보았지만 들은 척도 하지 않으셨습니다. 어린 마음에 운동화를 얻어 신을 수 있는 꼼수가 떠올랐

습니다. 집안의 종손이자 외아들인 저를 설마 맨발로 다니게 하시지는 않을 것이 확실했기 때문입니다.

어느 날, 옆구리가 찢어진 고무신을 질질 끌고 들어가자 어머니는 얼른 벗겨 찬찬히 살피셨습니다. 다른 일 같으면 꼬치꼬치 캐물으셨을 어머니 성미에 아무것도 묻지 않으셨습니다. 그러더니 반짇고리에서 가죽 골무를 꺼내어 왕바늘로 가죽을 널찍하게 덧대어서 촘촘히 검정 고무신을 꿰매시는 것이 아닙니까!

'맙소사, 저 흉측한 고무신을 신고 다녀야 한단 말인가.'

완고한 외할아버지가 엄격히 단속하는 바람에 배우지 못한 한을 품은 어머니가 보란 듯이 키우고 싶어 부잣집 자식들 틈에 끼워 넣은 내가 그 모양이었으니, 걱정이 태산이셨을 것입니다. 운동화가 신고 싶어 고무신을 찢어버린 자식을 야단치지 못하는 어머니의 아픈 가슴을 어린 제가 알기나 했겠습니까.

그 낡은 고무신을 생각하면, 그와 함께 엿장수가 생각납니다. '쩔걱 쩔걱' 엿가위 소리가 들리면 동네 꼬마들은 엿판 얹은 수레로 모여들었습니다. 엿은 최고의 간식거리였지요. 쓴 오이를 과

일로 알고 먹었고, 개살구나 풋사과는 먼저 본 사람이 임자였을 때 이야기입니다. 저희 세대가 사과를 별로 좋아하지 않는 까닭은 어렸을 때 시디신 사과를 먹은 탓인지도 모릅니다. 볶은 콩, 강냉이, 튀밥을 챙겨둘 정도면 그나마 형편이 좋은 편이었습니다. 바싹 마른 누룽지도 흔치 않았고, 어쩌다 떡을 찌면 시루와 솥 사이에 김이 새지 말라고 붙여놓았던 시루본까지 먹으려고 주먹 다툼을 했을 정도니까요.

그 시절 엿장수는 깨진 양은솥이나 냄비는 물론 병, 깡통, 잘라낸 머리칼, 시멘트 포대까지 엿과 바꿔주었습니다. 찢어진 고무신은 엿 바꾸어 먹는 최상의 품목이었지요. 엿장수 사회에도 관할이 있었는지 모르지만, 저희 동네에 출몰하는 유별난 엿장수는 저희들에게 공공의 적이었습니다.

아이들이 가져온 고무신을 유심히 살펴보고 좀 더 신을 수 있겠다 싶으면 "더 신고 다니다가 나중에 가져오라"며 거절했고, 일부러 찢은 흔적이 있으면 "싸가지 없는 놈!"이라고 야단을 치기도 했습니다. 양은 냄비나 솥단지를 가져가면 부모 확인 없이는 엿을 주지도 않았고, 남의 부엌에서 몰래 가져온 냄비는 영락없이 들키곤 했습니다. 어머니의 가락지나 옥비녀, 물려받은 은수저나 벽장에 고이 모셔둔 족보까지 들고 나오는 녀석들도 있었지요. 그럴 땐 형편없이 적은 양의 엿을 주고 물건을 그 아이 집에 놓고 가기도 했습니다.

저희도 마냥 당할 수만은 없었지요. 제가 주동이 되어 공공의 적인 엿장수를 '엿 먹일' 작전에 돌입한 적이 있습니다. 가장 발빠른 녀석이 엿을 서너 가락 들고 냅다 도망치면 엿장수가 녀석을 잡으러 뛰어갈 테니, 그사이 각자 엿을 맘껏 들고 사방으로 도망가기로 했지요.

드디어 거사일이 되었습니다. 10여 명의 대군단을 거느린 저는 독립군 대장이나 된 듯 눈짓과 손짓으로 명령을 내렸고, 전광석화처럼 작전에 돌입한 자랑스러운 꼬마 군단은 엿장수를 통쾌하게 따돌렸습니다. 저희는 약속 장소에 집결해 의기양양하게 만세를 불렀고, 가담하지 않은 녀석들에게까지 푼푼하게 엿을 할당하며 승전고를 울렸습니다.

기쁜 나머지 인원 점검을 하지 않은 불찰을 깨닫는 데는 그리 긴 시간이 필요하지 않았습니다. 도망가다가 잡힌 녀석이 '독립투사들'의 이름을 낱낱이 불어버린 것입니다. 저는 어머니에게

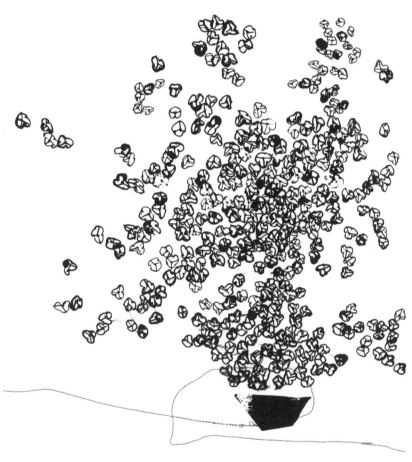

각박한 세상을 살면서 궁핍하고
때 절은 그 시절이 그리운 것은
푼푼한 인심이 그립기 때문일 것입니다.

회초리가 부러질 만큼 맞았습니다. 다른 녀석들도 별반 다르지 않았을 것입니다. 한사코 거절하는 엿장수에게 어머니가 싹싹 빌며 쌀, 보리쌀, 콩 따위를 추렴하여 저희들이 쟁탈한 만큼 벌충을 했습니다. 엿장수는 말썽꾸러기들 집에 엿을 한 봉지씩 돌렸고, 그 덕에 아이들은 모처럼 호강했지요.

각박한 세상을 살면서 궁핍하고 때 절은 그 시절이 그리운 것은 푼푼한 인심이 그립기 때문일 것입니다.

"사람이
무슨 죄가 있겠슈"

　　　　　　　　　　　　　술을 몹시 좋아하는 아버지 때문에 어머니는 밀주 단속하는 세무서원과 신경전을 벌이곤 했습니다. 그 시절에는 집에서 술을 담가 마시는 것이 엄연한 단속 대상이었습니다. 정부는 식량 보호 차원에서 어쩔 수 없다고 주장했지만, 시골 사람들은 양조장과 그렇고 그런 밀약으로 생겨난 것이라 미루어 짐작했습니다. 결혼식이든 환갑잔치든 집에서 손님을 치르면서 양조장의 술 배달 양이 적다 싶으면 어김없이 밀주 단속반이 들이닥쳤습니다. 그래서 양조장의 술 배달 양과 집에서 몰래 담그는 술의 양을 교묘하게 조절하는 것이 잔칫집마다 골치 아픈 과제였습니다. 잔칫날을 앞두고 비용을 줄이기 위해 집집마다 꼼수를 부렸지만 술 없는 잔치는 상상할 수 없는 일이어서 밀주 감추는 비법 또한 나날이 발전했습니다.

그러나 생존이 걸린 주류업계와 주세를 많이 확보해야 하는 세무서의 단속 또한 치열했지요. 주류업계는 밀정 노릇을 해서라도 술을 많이 팔아야 했고, 세무서는 세금을 많이 받아내려고 치열하게 실력 발휘를 하던 시절이었습니다. 결혼식이라면 미리 몰래 술을 담가놓을 수 있다지만, 급작스럽게 치러야 하는 장례식은 미처 술을 마련할 수 없기 때문에 집집마다 몰래 담근 술을 추렴해 주는 '불법 인심'도 훈훈했습니다. 그러다가 재수 없게 밀주 단속반에 걸리면 상주가 덤터기를 쓰기 마련이었지요. 그러면 또 집집마다 벌금을 성의껏 추렴해 주기도 했습니다. 가난에 찌들었지만 따뜻한 인심 때문에 살맛 나던 시절이었습니다.

어머니가 밀주를 잘 담그는 것은 공공연한 비밀이었습니다. 거기에 또 한 가지 비밀이 있다면, 그것은 아버지가 양조장 주인과 친했다는 것입니다. 다른 집은 걸핏하면 밀주 단속반이 들이닥

첬지만 저희 집은 양조장 주인이 뒤를 봐준 덕에 대문 밖 짚가리 속에서 사시사철 은밀하게 술이 익었습니다. 비밀은 언젠가는 탄로 나게 마련이지요.

누가 찔렀는지, 단속반원이 교체되어 저간의 사정을 몰랐던지, 저희 집만 눈감아준다는 소문이 돌아 난처해졌는지, 어느 날 대낮에 단속반원 두 명이 저희 집을 습격했습니다. 단속반원은 집 안을 겅둥겅둥 뒤지고 다니더니 담장 밖 짚가리를 살펴보기 시작했습니다. 제 가슴은 벌렁거렸지요. 술을 꺼낼 때마다 여닫는 짚단을 잡아 뺀 단속반원의 표정은 의기양양했습니다. 뒤따라다니던 어머니는 사색이 되었고 단속반원은 술동이를 꺼내 뚜껑을 열었습니다. 향긋한 술 냄새가 진동하기 시작했지요.

단속반원이 치부책을 꺼내 무엇인가 적으려는 순간, 어머니는 천하장사가 되셨습니다. 어른 두 사람이 맞들어야 하는 술동이를 혼자 번쩍 안아 드시더니 냅다 10미터쯤 떨어져 있는 작은 도랑까지 단숨에 달려가셨지요. 미처 단속반원들이 손 쓸 새도 없이 어머니는 도랑에 술동이를 던져 박살 내셨습니다. 그리고 그 앞에 폭넓은 치마를 여미고 철퍼덕 주저앉으셨지요. 어머니의 신세 한탄은 애절했으나 그렇다고 기가 죽거나 애원하는 것도 아니었습니다.

"아이고, 애 아부지가 천하 없어도 술 담가 먹지 말라고 그 야단을 쳤는데 이 소갈머리 없는 것이 일을 저질렀구먼유. 지는 저 어린걸 두고 인제 쫓겨나게 생겼네유. 이를 어쩐대유. 지가 죽일 년이구먼유……."

단속반원들은 갑작스러운 상황에 어찌할 바를 모르고 어머니의 넋두리를 듣기만 했습니다. 그러더니 여기저기서 기웃거리며 구경 나온 동네 사람들의 눈치를 살폈지요. 단속반원들은 어이가 없다는 듯 씁쓸하게 웃으며 어머니에게 말했습니다.

"앞으로는 절대로 밀주 담그지 마셔유. 큰일 난다구유. 알았지유?"

이렇게 다짐을 받은 그들이 자리를 뜨려고 하자 어머니가 그예 한마디를 더하셨습니다.

"술 안 마시고 살 수 있는 세상이믄 월매나 좋겠슈. 사람이 무슨 죄가 있겠슈. 술이 웬수지."

단속반원들이 떠나고 동네 사람들이 우르르 달려들어 어머니의 혁혁한 전공을 높이 받들며 노고를 치하하자, 어머니는 깨진 술동이를 보며 한숨지으셨습니다.

"술 담그는 사람 잡을 게 아니라 술 취한 사람 잡아가는 법을 만들면 그만인걸……."

어린 마음에도 어머니의 그 말은 술 좋아하는 아버지를 겨냥한 것이라고 생각되었습니다. 그날 밤 아버지는 기분이 좋아 술에 흠뻑 취하셨지요. 동네 사람들이 추렴해 준 술이 어머니가 낮에 동이째 깨뜨려 없앤 술만큼 얼추 되었고, 어머니의 용감무쌍한 행동이 자랑스러우셨기 때문이었을 것입니다.

어쩌다 입맛이 당기는 막걸리를 마시면 술동이를 깨뜨리던 어머니의 모습이 떠올라 절로 웃음이 솟습니다.

어머니, 그 손맛이 마냥 그립습니다…….

겸허해질 수밖에요

대학 시절 민속학에 관심이 많았던 저는 관상, 점술, 굿 같은 무속에 호기심이 동해 부지런히 취재도 하고 관련 자료와 서적을 찾아 읽었습니다. 어쩌면 남의 마음을 읽고 싶어 그랬는지 모릅니다. 남의 마음을 알 수만 있다면 세상살이는 땅 짚고 헤엄치기가 아니겠습니까.

소설을 쓰기 시작하면서 잡지사의 청탁을 받은 김에 당시 서울과 경기 지역에서 소문난 수십 명의 점쟁이와 무당에게 순번을 정해 점을 보러 다니기도 했습니다. 요즘 같으면 표 안 나게 점쟁이의 점사를 녹음할 수 있겠지만 그 시절에는 얼추 작은 가

방만 한 녹음기를 숨길 수가 없어, 점집을 나서는 순간 기억이 달아나기 전에 공책에 낱낱이 기록해야만 했습니다.

점집이나 굿당의 분위기, 무당과 점쟁이의 생김새, 이리저리 굴린 점괘 내용, 복채의 액수, 굿당의 차림표, 점치는 방법, 점집 찾는 사람들의 표정과 그들의 소감, 굿판을 벌여야 후환이 없다며 다시 찾아오게 만드는 수법 등을 공책 한 권 분량에 세밀하게 적었습니다. 큰 만신들의 굿당에도 자주 찾아가 그들의 '말질'을 녹음하거나 옮겨 적기도 했지요.

그 덕분에 무당을 소재로 한 『풍객』이라는 소설을 《한국일보》에 연재할 수 있었고, 이 소설은 나중에 TV 드라마로 방영되기도 했습니다.

잃어버린 우리의 역사인 1,300년 전의 발해사를 되살렸다는 평가를 받은 『김홍신의 대발해』 전 10권 안에 점성술과 무당의 '공수'와 '말질'과 굿판이 자주 등장하는 것도 무속에 관한 공부와 취재 경험이 체화되어 있었기 때문에 가능했던 것입니다.

한참 공부할 때는 유명한 무당네 굿판에서 장단 맞추며 어울리기도 했고 더러는 장난 삼아 소문난 무당을 앉혀놓고 점을 봐주기도 했습니다. 하기야 우리의 현대사는 점치기 참 좋은, 누구에게나 궁핍한 시절이었다는 것을 부정할 수가 없습니다.

지금도 40대 후반 이후의 사람들에게 눈을 지그시 감고 "초년 고생하셨고, 자수성가했으며 부모덕이 지지리도 없고, 죽을 고비 참 여러 번 넘기셨구려"라고 하면 "백발백중"이란 말을 듣습니다.

반풍수이지만 한때 제법 관상을 잘 본다는 소문이 났던 제게 관상을 봐 달라는 사람이 꽤나 많았습니다. 무속에 관해 제대로 공부한 적이 없는데도 제 '말질'이 그럴듯하게 들린 까닭은 제가 워낙 많은 사람을 만났기 때문인 것 같습니다. 저도 모르게 만나는 사람들의 얼굴, 몸매, 목소리, 눈빛, 표정, 행동을 눈여겨보고 관찰하게 된 것이지요.

더러는 소설가인 제가 나름대로 혜안이 있어 인생사를 꿰뚫으려니 생각하고 답답한 사연을 털어놓기 때문에 그들의 삶을 미루어 짐작할 수도 있었습니다.

사람들이 관상에 신경을 쓰고 점을 많이 보는 것은 남에게 호감을 얻고 싶고 행운을 기대하기 때문입니다. 노력, 훈련, 고뇌 없이 행운이 찾아올 리 없으며, 마음이 넉넉하지 않으면 관상이 좋아질 리 없는데도 그런 과정 없이 절로 인생이 풍요롭기를 바라곤 합니다.

살다 보면 누구라도 관상 나쁜 사람들을 쉽게 알아볼 수 있는 안목이 생깁니다.

쓰레기를 함부로 버리거나 공공장소에서 목청 세워 떠드는 사람, 아이들이 남에게 폐를 끼치는데도 방관하는 부모, 등산로나 낚시터를 어지럽히는 사람, 술버릇이 고약하거나 잘난 척하는 데 이골이 난 사람, 한자리 차지했다고 남을 깔보는 어리석은 사람, 가벼운 교통사고에 무슨 횡재나 한 듯 보험금 잔치를 즐기는 '나이롱 환자', 국민은 안중에도 없이 출세욕에 찌든 사람, 제 배 채우려고 남을 해코지하거나 못살게 구는 사람들치고 좋은 인상을 풍기는 사람이 없기 마련입니다.

그들은 대개 탐욕스럽거나 거만하거나 염치가 없거나 자발없거나 퉁명스럽거나 으스대거나 느물거리곤 합니다. 관상은 그 사람이 먹고 생각하고 행동한 대로 거짓 없이 표현됩니다. 그래서 잘 살았다는 소리를 들으려면 한 번쯤 자기 관상에 대해 겸허해져야 합니다.

　그렇다면 이런 식으로 잘난 척하며 글을 쓴 제 관상은 어쩐답
니까⋯⋯.

고독한
정신노동자의 기쁨

동물과 인간의 성장 과정을 관찰해 보면 사람만큼 호기심이 많은 포유류는 없다고 합니다. 동물에게는 발명품이 없지만 인류는 끊임없이 발명품을 탄생시키곤 하지요. 호기심이 없었다면 오늘날 우리는 온갖 문명의 이기를 누릴 수 없었을 것입니다. 인간의 특별한 능력인 '도구의 진화'는 결국 다양한 직업을 양산했고, 인간의 재능을 다양하게 계발했습니다.

신년 소망에 대한 각 계층의 화두는 '안정적인 일자리'였습니다. 안정적인 일자리는 달리 말하면 안정적인 생존이요, 노후 보장이며, 활동성 보장인 셈입니다. 저희 젊은 시절에 취업은 '하늘의 별 따기'였습니다. 지금처럼 수요와 공급이 엇박자를 놓는 시절이 아니라 아예 수요가 없었다고 해도 지나치지 않았던 때입니다. 여성들은 장래 희망을 '현모양처'로 정할 수밖에 없던 시절이었지요.

대학을 졸업하고 군 복무를 마쳤지만 오라는 데가 없었던 저는 소설 공모전에 당선되어서 상금을 받는 것이 유일한 구직 해결책인 셈이었습니다. 그 시절, 간절하면 이루어진다는 말은 거짓이었지요. 너무 절박하고 너무 간절하면 조바심 때문에 헛손질을 하는 경우가 허다하기 마련입니다. 거푸 낙방의 쓴맛을 보고 나서야 제 실력을 알아차리고 스승을 졸라 겨우 일자리를 얻었습니다.

저의 첫 직장은 한센병 환자(나병)를 보살피는 일을 하는 곳이었습니다. 처음에는 좀 못마땅했지만 절박하니 우선 버텨본다는 생각이었습니다. 그들과 어울리면서 저는 한센병에 대한 두려움도 털어버렸고, 오히려 그들과 친밀하게 어울리는 '별종'이 되어버렸습니다. 주변 사람들은 한센병 환자들과 잘 어울리는 저를 기이하게 여겼지요. 그런 저를 유심히 지켜본, 당시 한센병의 최고 전문가로 통하던 연세대 의대 유준 박사께서 제 건강을 장담할 길이 없으니 약을 복용하라며 한센병 치료제인 DDS를 주어 6개월간 복용하기도 했습니다.

한센병 환자들과 어울려 다닌다고 걱정하는 주변의 따가운 시선을 감내할 수 있었던 것은 제 호기심 때문이었습니다. 한센병 환자들은 '절박한 을(乙)'이었고 환자를 돌봐야 할 사람들 중 많은 사람은 '갑(甲)'이었습니다.

분노를 안고 대책 없이 일자리를 박차고 나온 저는 그 호기심을 풀어가며 제 생애 최초의 장편소설 『해방영장』을 썼습니다. 제목은 법률 용어인 '구속영장'의 반대 개념으로 만든 신조어였습니다. 한센병 환자들에게 병마보다 더 무서운 것은 사람들의 멸시이지만, 더 가슴 아픈 것은 한센병 환자들을 이용해 먹는, 즉 '갑질'하는 자들의 의기양양한 작태였습니다.

옥스퍼드대학 칼 베네딕트 프레이 교수 등은 2013년에 발표한

『고용의 미래』에서 자동화 기술의 발전으로 20년 이내에 현재의 직업 47퍼센트가 사라질 것이라고 주장했습니다. 그러면서 기계가 대체할 수 없는, 감성이 필요한 예술가, 미술 치료사, 연애 상담사 등은 살아남을 가능성이 많다고 했지요. 『유엔미래보고서 2040』에서도 2030년에는 컴퓨터와 로봇 때문에 전통적인 교실 수업의 90퍼센트가 온라인 무료 교육으로 바뀌고 원격 진료와 로봇 수술의 발달로 의사를 만날 필요가 없을 수도 있다며 현재의 직업 판도의 대변화를 예측하기도 합니다.

지금 우리나라의 교육 열풍은 일류 대학, 일류 학과의 족쇄에 매여 있는데, 그 근저에는 인간의 개성을 살리는 것이 아닌 일자리 보장이라는 함정이 도사리고 있는 셈입니다. 어쨌거나 전문가들의 예측에 따르면, 현재의 일류 직업군은 불과 얼마 후에 삼류 직업군으로 추락할 가능성이 매우 높아진 듯합니다. 인문학이 밀려나고 국문학과가 사라지는 마당에 십 수년만 지나면 예술가가 대접받는 시절이 온다니, 은근히 제 직업 선택이 자랑스럽기도 합니다.

제가 문단에 데뷔할 때만 해도 문사들의 사회적 대우는 매우 높은 편이었습니다. 예술가는 다른 직종 종사자들보다 호기심이 월등합니다. 호기심의 승화가 곧 예술이기 때문이지요. 그러나 산업 중심 사회에서는 '비생산자'에 연금 없는 자영업자요, 벌이가 시원찮은 고독한 정신노동자일 뿐입니다. 그럼에도 역사가 기억해 주는 예술가이니 스스로 만족하자는 생각을 해보았습니다. 그러다가 문득 인간의 감성과 호기심까지 더해진 컴퓨터나 로봇이 발명되어 예술가들조차 설 자리가 없는 세상이 도래하면 어쩌나 하는 생각을 하게 되었습니다. 그렇더라도 정신적 노예로 살지 않을 수 있는 제 직업에 스스로 박수를 쳐봅니다.

깨달음의 시간

유명해지면 좋기만 할 줄 알았는데, 이리
저리 쫓기고 남의 눈치 보느라 정작 동물원에 갇혀 있는 구경거
리가 된 것 같다는 생각을 한 적이 있습니다.

젊은 시절, 장편소설 『인간시장』의 폭풍 같은 인기로 눈 깜짝
할 사이에 얼굴이 널리 알려지자 세속적인 자유로움은 하나하
나 사라졌지요. 혼자 쇼핑하거나 대중교통을 이용하기도 어려웠
고, 가족들은 함께 나들이하는 것을 꺼렸습니다. 친구들과도 뜸
해질 수밖에 없었고요. 시간에 쫓기며 살다가 친인척들에게 사
람 노릇을 제대로 못하는 경우도 허다했습니다. 시간이 좀 더

흐르자 사방에서 손가락질하며 비난하는 소리까지 들리기 시작했습니다. 가슴이 답답하고 울적해 어디론가 도망가고만 싶었지요.

그런 제 마음을 어찌 알았는지, 지리산 상선암에서 홀로 정진하던 스님이 서울에 올라와 저를 이끌었습니다. 우리는 통일호를 타고 구례 역에서 내려 지리산 입구에 있는 천은사에 잠시 들러 약수를 실컷 마시고 노고단 쪽으로 향했습니다.

고려 공민왕 때 왕사(王師)였고 귀한 선시(禪詩)를 남긴 나옹 선사가 창건한 상선암은 천은사와 노고단의 중간쯤에 자리 잡고 있었습니다. 노고단 쪽으로 4킬로미터쯤 오르다 숲길로 숨차게 걸어 올라가니 자그마한 암자가 굽잇길을 쓸쓸히 내려다보고 있었지요. 앞서 가던 스님이 두 손 모으고 삼배를 올렸습니다. 저도 따라 삼배를 올렸습니다. 푸성귀와 참외, 수박이 바글바글한 텃밭을 지났습니다. 낡은 암자, 그러나 나옹 선사의 기운이 서려 있는 상선암은 누구도 범접하기 어려운 기품을 풍기고 있었습니다. 스님은 제 마음을 아는 듯 나옹 선사의 선시를 읊조렸습니다.

깊은 산속 오두막 같은 암자에 도착한 저는 그곳에서 스님과 함께 사흘을 기거했습니다. 전기가 들어오지 않아 촛불을 밝혔

물처럼 바람처럼 한번 살아보자.
암자에서의 짧은 삶은
제게 귀한 가르침을 주었습니다.
마음이 참으로 가벼워졌습니다.

습니다. 냉장고 대신 큰 바위 틈에서 나오는 석간수에 반찬통을 띄워놓고 수박도 담가놓았지요. 바람 소리, 풀벌레 소리, 새소리가 온종일 조잘거렸습니다. 스님은 오른손 엄지손가락만 남기고 나머지 손가락을 모두 촛불에 태우는 '연비'를 했는데도 익숙한 솜씨로 밥상을 차렸습니다. 저녁상을 물리고 교교한 달빛 아래 스님은 지그시 눈을 감은 채 명상에 들었습니다.

밤바람은 한여름 무더위의 기세를 대번에 꺾었습니다. 스님은 무쇠솥에 물을 붓고 장작불을 지폈지요. 염천에 뜨거워 어찌 자겠느냐고 하니, 스님은 두툼한 솜 이부자리를 펴고 모기장을 치며, 새벽이면 그 이유를 알 것이라고 했습니다. 밤이 이슥해지자 멀리서 들리는 산짐승과 풀벌레들의 애절한 외침이 차츰 그윽하게 느껴졌습니다. 새벽녘이 되니 깊은 산속의 한기를 막아주는 장작 땐 방바닥과 솜이불의 훈기가 고마웠습니다.

이튿날 아침, 스님은 질그릇에 모이를 챙겨 마당으로 나섰습니다. 산새가 슬금슬금 다가와 모이를 쪼아 먹고 다람쥐가 움찔 움찔 다가와 먹이를 물고 달아났습니다. 스님은 "잘 잤느냐, 내가 없는 동안 배고팠느냐, 뭘 먹고 싶으냐, 심심하지 않느냐, 아픈 데는 없느냐?"고 묻고 또 물었습니다. 스님에게 "저 아이들하고 말이 통하시느냐"고 물었더니 대답이 걸작이었지요.

"여기서 혼자 1년만 살아보세요. 혼자서라도 무슨 말이든 할 수밖에 없고, 사람이 없으니 풀과 나무와 벌레와 짐승 들과 소통할 수밖에 없지요. 한낱 짐승이지만 내가 해치지 않는다는 것을 알고 다가오지요. 모이를 늘 주다가 안 주면 나를 원망할 테고 잘 주면 고마워하겠지요. 결국 저 아이들은 내가 원하는 말을 하게 된다니까요."

그랬습니다. 제 괴로움은 제가 만들어 짊어진 것이지, 남들이 만든 것이 아니었습니다. 짐승들이 말을 한다고 느끼면 내가 듣고 싶은 말을 짐승들이 하게 되는 것이구나 느꼈습니다. 미물도 제 할 소리를 하며 사는데, 하물며 사람들이 어찌 제 할 소리를 아니할 수 있겠습니까. 그 소리를 새겨듣되 노랫가락이라 느끼면 음악처럼 들릴 것이고, 비난으로 느끼면 욕으로 들릴 것입니다.

응어리진 가슴에 뜨거운 물이 쏟아지는 것 같았습니다. 세파에 시달리느라 물처럼 유연하고 바람처럼 걸림 없이 살지 못한 저 자신이 가여웠습니다. 그래, 다 털고 가자. 다 버리고 가자. 물처럼 바람처럼 한번 살아보자. 암자에서의 짧은 삶은 제게 귀한 가르침을 주었습니다. 마음이 참으로 가벼워졌습니다.

그러나 암자에서 내려와 신선 공부라도 한 듯이 뻐기던 제가 이틀도 못 넘기고 또다시 세상에 화를 내고 말았으니 이를 어찌 겠습니까.

아주
특별한
여름휴가

지난해 여름에는 20여 년 동안 다니던 봉사 현장 대신 열흘간의 크루즈 여행을 선택했습니다. 한국의 환경 재단과 일본의 피스보트(Peace Boat)가 공동 주최한 '피스 앤 그린 보트(Peace & Green Boat)' 행사에 참여하기로 한 것입니다.

피스보트는 아시아의 화합을 가로막는 역사 문제를 비롯해 동아시아의 사회·문화·환경 문제의 대안을 찾는 일본의 진보 시민단체입니다. 한일 양국의 시민이 한 배를 타고 여행하며 서로 이해하고 생각을 공유하는 행사를 진행합니다. 지난해에는 광복

70주년과 한일 수교 50주년을 맞아 한일 양국 시민들이 평화와 환경 문제를 허심탄회하게 다루자는 의미가 있었기에 기꺼이 참여하기로 하였습니다.

부산국제크루즈터미널을 출발한 3만 톤급 배는 한일 두 나라의 1,100여 명을 태우고 물결 잔잔한 동해를 거슬러 러시아 블라디보스토크를 향해 이틀 밤낮을 달려갔습니다. 휴가는 장소의 이동이 아니라 마음의 이동이라고 했지만 가도 가도 망망대해, 뱃전의 불빛 반사로 출렁이는 바닷물만 보이고 휴대폰은 먹통이어서 집 떠나온 지 한 달은 되는 것 같았지요. 행사와 관련해 신문에 기고할 원고에 대한 부담감 때문에 머릿속은 더 출렁거렸습니다.

밤 이슥한 시각, 배 뒤편에 자리 잡은 라운지에서 와인 한 잔을 마시며 우리가 먼저 동아시아를 넘어 세계 무대를 꿈꾸어야 한다는 생각을 했습니다. 새벽까지 원고를 쓰고 잠시 눈을 붙였습니다. 아침 식사를 놓치면 점심때까지 기다려야 할 것 같아서 죽 한 그릇으로 요기를 했지요.

겨우 원고를 마감하고 오후 1시부터 한일 공동 심포지엄 〈동아시아 공동체의 미래를 그리다〉의 토론이 시작되었습니다. 대강당을 채운 한국과 일본의 참가자들 앞에서 저는 첫 토론자로 첫마디를 이렇게 시작했습니다.

　　"저는 혼자서라도 일본에 쳐들어가고 싶었습니다."

　　일순간 장내에 찬물을 끼얹은 듯했습니다. 한국이 통일되어야 동아시아의 평화가 유지되고 공동체로서 가치를 지키며 당당한 문명 강국이 될 수 있다는 주장을 하기 위해 역사적 배경을 설명해야만 했습니다.

　　일본 야욕의 근본은 자연 재난을 극복할 수 없는 일본의 불안 심리가 낳은 대륙 콤플렉스로, 가장 가까이에 있는 한국 침략을 자행할 수밖에 없었던 열등의식을 지적했지요. 그 탓으로 한국은 남북이 분단되고 동족상쟁을 치렀으며, 70년 사이 남북의 관상까지 달라진 것에 대한 통렬한 반성과 진실한 사과를 요구했습니다. 남북통일을 위해 적극적으로 노력하는 것과 북한 경제를 거들어주고 미국, 중국, 러시아를 외교적으로 설득하는 것이 진정한 사과의 방법이라고 말했습니다.

　　그러면 우리도 일본에서 부산까지 해저터널을 뚫어 일본인들이 기차와 자동차로 중국, 러시아, 유럽을 자유롭게 왕래할 수 있도록 도울 것이며, 마침내 일본의 대륙 콤플렉스도 해소될 수 있으리라고 역설했지요.

박수갈채가 쏟아졌습니다. 일본 사람들의 박수 소리가 더 컸습니다.

이어진 종합 토론에서 일본인 학자 한 사람은, 일본이 여러 차례 사과했으며 과거에 집착하지 말고 미래를 설계하는 것이 타당하다고 주장했습니다. 일본의 일부 지식인들은 당시 한반도가 일본국이었으니 강제로 끌려간 위안부는 일본 여성이었다는 주장을 한다고도 했지요.

저는 "만약 전쟁에서 패배한 뒤 미국 군인들이 당신들의 누이들을 강제로 끌고 가 성 노예로 삼았다면 어땠을 것 같습니까?"라고 물었습니다. 그는 답변하지 않았습니다. 저는 그를 힐난하려고 언성을 높인 것이 아니라 동아시아의 미래와 세계 평화를 위해 함께 고민하자는 자리이니 서로 평화의 사절단 노릇을 하자고 제안했습니다. 천하 없는 보석이라도 땅에 묻으면 표식을 해두어야 하지만, 좋은 씨앗을 심으면 표식을 하지 않아도 싹이 나고 꽃이 피고 열매를 맺는 법이니, 이번 행사에 참여한 사람 모두가 평화의 씨앗이 되자고 했습니다.

2015년 8월 9일, 70년 전 일본에 원자폭탄이 투하되어 7만 명이 죽었습니다. 강제 징용된 한국인도 2만 명이나 억울하게 죽은 날입니다. 평화공원을 둘러보고 우리 조상들의 원혼을 달래는 기도를 했습니다. 그리고 그날 밤, 3·11 쓰나미 사태 당시 일본 총리였던 간 나오토 중의원을 비롯한 일본의 양심적 지식인들과 한국의 평화 사절단은 공동으로 평화선언문을 낭독했습니다. 핵무기 금지 조약 실현은 물론 일본의 침략과 식민지 지배에 대한 통절한 반성, 진심으로 사죄해야 한다는 내용이었습니다. 참으로 오랜만에 휴가다운 휴가를 보냈으며, 한국인으로 태어난 것이 황홀한 기쁨임을 되새겼습니다.

5장

행복은
아날로그로 찾아옵니다

우리의 역사,
발해의 흔적

블라디보스토크 바닷가 호텔에 도착했을 때, 창문을 여니 태평양과 동해가 훌쩍 뛰어들어왔습니다. 발해 역사에 대한 소설을 쓰기 위해 찾아갔던 10여 년 전 모습과 별로 달라진 게 없었지만, 몇 해 전 여름 두 차례의 방문은 새삼 가슴을 달구었습니다. 고구려 멸망 후 30년 만에 건국하여 당시 세계 최강국인 당나라에 쳐들어가 영토를 넓히고 228년 동안 대륙과 일본을 호령했던 발해의 웅혼한 흔적이 어렴풋이 남은 곳입니다.

일제의 토지 수탈로 두만강과 압록강을 월경한 조선인들이 개

척한 조선인촌은 일제강점기에는 항일 민족 지도자들의 집결지이자 국외 독립운동의 중추 기지가 되었습니다. 독립운동의 불을 지핀 이범윤이 중심이 된 권업회, 이상설과 이동휘가 중심이 되어 만든 대한광복군정부, 의병장 홍범도가 이끈 대한독립군 지휘부가 구축된 곳입니다.

뿐만 아니라 3·1운동으로 확산된 독립 열기로 안창호 등 국내외 애국 세력이 모여들어 독립운동의 성지가 되었습니다. 하지만 지금은 '신한촌'이라 불리며, 철주 울타리와 돌비석 세 개만이 초라하게 세워져 있습니다. 1920년 4월 일본군의 무자비한 습격 학살 만행, 1937년 여름 스탈린의 고려인 강제 이주로 우리의 고결한 역사는 비극적 결말로 마감되었습니다.

그 이름만 들어도 가슴이 뛰는 안중근 의사를 비롯하여 이범윤, 홍범도 등 의병장, 헤이그 특사인 이상설·이위종, 민족주의 교육자 이동녕·정순만, 신민회를 이끌던 안창호, 민족주의 사학자 박은식·신채호, 기독교계의 이동휘, 대종교의 백순, 러시아 조선인 지도급 인물로 독립 자금을 댄 최재형 등의 활동 무대였습니다.

독립투사들의 선혈이 낭자하고 고려인들의 처절한 고통이 스며 있는 신한촌에 꽃을 바치고 주변 아파트를 의식해 작은 소리로 애국가를 부른 뒤 묵념했습니다. 법륜 스님은 두 손을 모아 기도한 뒤, 신한촌에 기념관을 세우고 담장을 우리 전통 공법으로 다시 쌓아 누가 보아도 한국인의 얼이 서린 기념비가 될 것을 서원하고 약정을 했습니다.

우리의 비장함을 아는지 밤사이 빗발로 천지가 흥건했습니다. 새벽 다섯 시에 출발해 네 시간 거리에 있는 크라스키노 발해성 발굴 지역을 찾았습니다. 수십 년 동안 오직 발해 유물을 발굴하는 데 정성을 쏟은 극동대학교 겔만 교수는 저희 일행을 반갑게 맞아주었습니다. 언론에 보도되었던 진귀한 유물을 대하며 저는 발해의 장엄한 역사가 중국의 억지 주장처럼 중국의 변방 국가가 아니라 당당한 대륙의 제국이었음을 한 번 더 확인할 수 있었습니다.

장화를 신고 한 시간을 더 걸어갔으나 강물이 불어나 발굴 현장을 지척에 두고 건너지 못해 아쉬움이 컸습니다. 그러나 드넓은 발해성터 곳곳에 많은 유물이 남아 있으리라는 가능성과 그 발해 유물은 중국의 동북공정이 허구임을 명명백백하게 증명해

줄 것임을 확신하게 되었지요.

발해 유물들을 촬영한 후, 안중근 의사와 동지들이 왼손 넷째 손가락 첫마디를 잘라 혈서로 '大韓獨立(대한독립)'을 쓴 단지동맹 현장을 찾았습니다. 그러나 중국 국경 수비대 주둔 지역이어서 더 가까이 갈 수 없어 묵념만 하고 돌아서야만 했습니다. 고맙게도 한국 기업 유니베라에서 현지 농장 입구에 단지동맹 기념비를 규모 있게 꾸며놓아 그 앞에 조아리며 선열들을 추모할 수 있었습니다.

1937년, 스탈린의 무자비한 고려인 강제 이주로 무수한 사람들이 굶어 죽고 동사한 통한의 역사 현장인 라즈돌리느예 기차역을 찾아 혹한의 황무지에서 살다 간 선조들의 넋을 위로했습니다. 그리고 현재 고려인이 가장 많이 사는 우수리스크의 고려인 문화 센터를 방문하고, 나라 잃은 비참함과 우리의 위대한 선각자들의 흔적을 돌아보고 옷깃을 여몄습니다.

겔만 교수가 안내했던 크라스키노 성터가 바다를 경략했던 성터라면, 우수리스크 우쪼쓰의 발해성터는 대륙을 호령했다는 것을 정상에 올라서야 알 수 있었습니다. 사방으로 도도히 흐르는 강을 해자 삼은 드넓은 토성에서는 안전하고 풍요로운 발해 백성의 삶을 엿볼 수 있었지요.

발해의 유물이 발굴됨으로써 중국의 주장과는 달리 발해가 엄연히 독립국가였다는 사실을 인정하는 러시아 학자들의 연구 실적이 속속 발표되고 있습니다. 중국 동북공정의 허구가 밝혀져 우리의 자존심이 바로 서는 날이 반드시 올 것을 굳게 믿습니다.

미국 땅의
젊은이들에게서 발견한
뜨거운 기상

몇 해 전 초가을, 열하루 동안 북아메리카 여덟 개 도시를 비행기로 이동하며 아홉 번이나 교민들과 대학생들에게 순회강연을 한 적이 있습니다. 열하루 동안 구경한 것이라곤 공항, 하버드와 메릴랜드 대학 등의 강연 장소, 스쳐지나가며 바라본 맨해튼이나 백악관의 모습, 숙소와 음식점들이었고, 옷 갈아입기도 숨찬 일정 탓에 여행가방은 고스란히 들고 다닐 뿐이었다고 해도 지나친 말이 아니었습니다.

법륜 스님은 9월 6일부터 방송인 김제동 씨와 함께 시애틀, 밴쿠버, 샌프란시스코, 오렌지카운티에서 매일 청춘 콘서트를 진행했습니다. 저는 9월 10일부터 합류하여 로스앤젤레스를 시작으로 휴스턴, 애틀랜타, 시카고, 캐나다의 토론토, 뉴욕, 보스턴, 워싱턴에서 희망 콘서트를 함께했습니다.

저녁 7시에 강연이 시작되면 제가 먼저 90분 정도 강연한 후, 법륜 스님이 120분에서 150분 정도 인생의 지혜를 가볍고 속 시원하게 풀어주는 '즉문즉설'을 진행했고, 이후 책 사인회를 마치면 시간은 어느덧 밤 11시에 가까웠습니다.

숙소에 와서 하루를 정리하고 짐을 꾸린 다음, 두 시간 반 정도 자고 일어나 다음 행선지로 가는 비행기를 타기 위해 꼭두새벽에 출발했습니다. 공항 바닥에 앉아 죽이나 김밥으로 아침 식사를 해결하고 비행기에 몸을 실었지요. 다음에 강연하는 지역에 도착하면 그곳 교민들을 만나고 강연 준비를 하고 이동하느라 경황이 없기는 매한가지였습니다. 워낙 땅이 넓은 데다 미국과 캐나다 여덟 개 도시는 시차가 다르고 9·11사태 이후로 공항 검색이 까다로워 늘 조바심을 내야만 했습니다.

이렇게 강행군을 하는 중에 참 고맙게도 고향 사람, ROTC 동문, 대학 동문, 문인 들이 강연장을 찾아와 옛 추억과 덕담을 나누곤 했습니다. 한국을 떠난 사연도 다르고 각기 사는 모습도 천차만별이었습니다. 기성세대는 영어 때문에 소통하기 어려운 문제에서부터 본바닥 사람들에게 무시당하는 서러움, 허기지고 뼈 빠지게 일하지만 여전히 고단한 삶, 자녀 교육으로 빚어지는 여러 가지 갈등, 교민들끼리 경쟁해야 하는 갖가지 애환들, 해결하기 어려운 부부 갈등, 고국에 되돌아가려니 치솟은 집값 때문에 엄두도 못내는 가슴앓이 등 교민들의 속내를 들여다볼 수 있었습니다.

젊은이들도 부모 세대와 별다를 것이 있으랴 싶었는데 확실히 젊은 세대들에게는 자신감이 있었습니다. 물론 유학생들은 언어 문제 등 현지 학생들을 따라가기 벅찬 부분과 자유로운 삶의 양태나 경제적 부담감에 대한 두려움도 많았지만, 부모 세대에 비해 당당함이 더 큰 것을 느낄 수 있었습니다.

우리나라의 경제 발전이나 월드컵·올림픽에서의 선전, 김연아 선수나 여자 프로골프 선수들, 반기문 유엔 사무총장을 비롯한 한국의 위상을 드높인 사람들이 젊은이들의 기운을 북돋아주었습니다. 세계를 열광시킨 케이팝(K-Pop)과 가수 싸이의 열풍은 젊은이들에게 자긍심을 심어주기에 충분조건이 되었습니다.

어디에서나 보이지 않게
뒤에서 묵묵히 도와주는 사람들이 있기에
인류가 발전하고 우리는 문화의 향기와
문명의 혜택을 누릴 수 있습니다.

미국상공회의소의 경제 전문가를 만났더니 케이팝 열풍의 근원은 한국 사회를 환란으로 몰았던 IMF에 있다고 하더군요. 한국인은 시련과 고통이 닥치면 드세게 맞서고 결코 쓰러지지 않는 오기가 있고, 반드시 새로운 무언가를 생성해 낸다는 뜻이었습니다.

1,300여 년 전, 세계 최강국이라 해도 부족하지 않았던 당나라가 우리의 백제와 고구려를 침공할 때, 당나라 장수들은 황제께 간청했다고 합니다.

"저 민족은 결코 굴종할 줄 모르고 반드시 다시 일어서는 민족이니 함락하면 남자는 어린아이부터 모두 죽이고 여자는 우리 군사들에게 위문품으로 나눠주옵소서."

실제로 당나라 군대는 백제와 고구려에서 무자비하게 학살을 자행했습니다. 그런데도 고구려 유민들은 발해를 일으켜 세워 강대국으로 일구었습니다. 1천여 년 동안 강대국들의 틈바구니에서도 나라를 끝까지 지켜낸 우리 민족의 담대한 기질을 저는 미국 땅의 우리 젊은이들에게서 발견할 수 있었습니다.

그런 내막을 알고 간 것은 아니었지만 다행스럽게 제 강연 주제가 '열등감, 그게 뭐 어쨌다고?'였기에 교민과 학생들에게 작으나마 위로와 격려가 되었던 것 같습니다.

천하를 유람하는 즐거움만으로도 충분한 기쁨이겠지만, 초인적인 강행군을 견디면서도 뭇사람들의 가슴앓이를 함께 나눈 보람을 어찌 그 기쁨에 비견하겠습니까.

가슴이
떨려올 때
떠나야 합니다

여러 해 동안 기별 없이 지냈던 사람과 우연찮게 만나 식사하던 중 요즘 어찌 지내느냐고 물었습니다. 그는 '태양운수주식회사'를 경영한다며 소리 내어 웃었습니다. 법조인으로, 정치인으로 이름난 그의 말이 뜻밖이어서 정말이냐고 다시 물었지요.

"아침에 눈 뜨면 동쪽에 있는 태양을 온종일 서쪽으로 옮겨놓고, 자고 일어나면 또 동쪽으로 가버린 태양을 서쪽으로 옮기곤 합니다."

함께 식사하던 일행이 모두 폭소를 터뜨렸습니다. 보통은 요즘

쉬고 있다고 말할 텐데, 재치 있게 받아치는 여유가 근사했지요. 나이가 든다는 것은 하던 일을 후배들에게 물려주는 것이며, 젊은 시절엔 있는 힘을 다해 애쓰며 살았으니 쉬엄쉬엄 살라는 우주의 섭리를 따르는 순리일지도 모릅니다. 그러나 한국인들은 쉬는 것을 두려워하는 것 같습니다. 평균수명이 많이 늘어났기에 그런 것일 수도 있고, 대부분의 사람들이 죽기 전 10여 년 동안 병자로 살게 된다는 통계 자료 때문일 수도 있습니다. 사회보장제도가 아직 미흡할 뿐만 아니라 안전하지 못한 사회와 노후 대비가 제대로 되지 않은 탓이기도 할 것입니다.

이른바 선진국은 유소년기를 국가가 모두 책임지고 청장년기에는 국가를 먹여 살리고 노년기에는 국가가 모든 것을 보장하는 복지국가라는 것이 부럽기만 합니다. 가장 서글픈 인생은 "그때 할 수 있었는데, 할 뻔했는데, 해야 했는데……"라고 후회하는 것이라고 했습니다. 유소년기에는 열심히 배우고, 청장년기에는 열정적으로 일하며, 노년기에는 여유롭게 쉬며 잘 나누고 살 수 있다면 가장 이상적인 삶일 것입니다.

제 나이 30대 후반, 40이란 나이를 코앞에 두고 제 인생이 너무 여유가 없고 일거리에 파묻혀 재미없이 산다는 회의에 빠진 적이 있습니다. 매달 원고지 1천 장에 달하는 글을 쓰고, 대학원에 다니고, 잦은 방송 출연과 강연으로 정신없이 사는 제 꼴이 스스로 안타깝게 느껴졌습니다. 남들은 이름이 알려지고 바쁘게 사는 저를 부러워했지만, 삶이 온통 허망하다는 자괴감마저 들었습니다.

음풍농월(吟風弄月)은 아니더라도 석 달 열흘쯤 일손을 놓고 읽고 싶은 책만 읽으며 살겠다 작정했습니다. 그래서 집필, 강연, 방송도 거절하고 100권의 책 목록을 책상 앞에 붙여놓았지요. 이제껏 의무감으로 책을 읽었는데 이제는 정말 재미로 읽고 싶었습니다. 무엇인가를 이루겠노라고 애쓰며 살았는데 이제는 나 자신을 위해 살 때가 되었다고 생각했지요. 늘 쫓기며 남에게 뒤지지 않으려고 정신없이 뛰었는데, 이제는 조금 느긋하게 남들이 뛰는 것을 구경하고 싶었고요. 혼자 산에 가고 영화도 구경하고 여행하고 찻집에 가서 옛 노래도 듣고 싶었습니다.

일손을 놓은 후 열흘은 행복감에 젖어 꿈결같이 시간이 지나갔습니다. 늦잠을 자고 맨발로 정원을 걷고 야간 산행도 했지요. 스무 날쯤 지나니 심심하다는 것에 저항감이 생겼습니다. 이렇게 사는 것이 과연 바른길인가 싶기도 했습니다. 책을 읽다가 열정적으로 사는 주인공을 만나면 은근히 자신이 초라해 보이기도 했고요. 한 달쯤 지나자 뭔가 허전하고 제 존재가 작아 보이기 시작했습니다. 두 달을 넘기자 불면증이 생기고 밥맛이 떨어지고 짜증이 자꾸 올라왔습니다. 석 달을 넘기면서 알 수 없는 분노가 저 자신을 붙잡고 늘어졌습니다. 책도 머릿속에 들어오지 않았고 산에 가기도 싫어졌습니다. 심장이 큰 소리로 두근거리며 불면증까지 계속되었습니다.

세상으로부터 잊히면 어쩌나 하는 불안까지 엄습했습니다. 치밀어 오르는 화의 근원을 모르니까 주변 사람을 자꾸 건드리거나 가족에게 화풀이를 하곤 했지요. 제게도 쉴 줄 모르는 '한국인 병'이 깊게 자리 잡은 줄 미처 몰랐던 것입니다. '열정과 참쉼'이 따뜻한 동행의 미덕임을 깨닫지 못했던 거지요.

석 달 열흘을 채우지 못하고 저는 다시 원고지를 펼치고 만년필을 들었습니다. 강연과 방송 요청을 받아들였고, 사람들을 만나기 시작했지요. 불면증은 단숨에 해결됐고 소화 기능 역시 좋아졌으며 얼굴에는 화색이 돌았고 밥맛도 매우 좋아졌습니다. 줄었던 체중도 전처럼 회복되었고, 분노와 불안감과 두려움도 가라앉았습니다.

"다리가 떨릴 때 여행하지 말고 마음이 떨릴 때 여행하라"는 말이 떠올랐습니다. 그렇습니다. 그때를 생각하며, 저는 죽는 날까지 '열정과 참쉼'으로 마음을 다스리며 살아야겠다는 다짐을 또다시 해봅니다.

그때 그 약속

숲이 우거지고 단풍이 진저리를 치는 계절에는 아름답지만 금강산의 속살은 볼 수가 없습니다. 금강산의 제 모습을 보려면 나뭇잎이 다 떨어져 암석과 계곡과 본디 모습을 고스란히 드러내는 겨울의 자태를 보아야 합니다.

겨울 여행 중에 잊을 수 없는 것은 금강산의 겨울, 즉 개골산(皆骨山) 여행입니다. 제가 우리나라 최초의 아침 토크쇼인 MBC 〈아침의 창〉을 진행할 당시, 현대그룹 정주영 회장이 출연한 적이 있습니다. 세상 돌아가는 이야기를 구수하게 하다가 느닷없이 제게 물었습니다.

"김 선생, 금강산 구경하고 싶어요?"

꿈에나 그리던 금강산, 사진이나 글로만 익숙했던, 살아생전 가볼 수 있을까 염원하던 우리 땅, 어찌 가보고 싶지 않겠습니까. 저는 숨 쉴 틈도 없이 바로 "꼭 가고 싶습니다"라고 대답했습니다. 정 회장은 마치 금강산이 자기네 산이라도 되는 양 흔쾌히 말했지요.

"내가 꼭 금강산을 구경시켜 주지요."

그 순간 제 머릿속을 스치는 것이 있었습니다. 1991년도만 해도 남북문제뿐 아니라 정치적으로 예민한 문제가 출연자나 진행자의 입에서 나오면 '방송 경고 처분'을 받던 시절이었습니다. 더구나 감히 북한 땅을 밟겠다고 하는 것은 영락없는 징계감이었지요. 그래서 대충 얼버무리고 다음 이야기로 넘어갔습니다. 방송을 끝내고 정 회장과 차를 마시며 정말로 금강산을 구경시켜 줄 것이냐고 물었습니다. 정 회장은 호방하게 웃었습니다.

"내가 한다면 반드시 합니다. 나를 믿으세요."

그렇게 굳은 약속을 했지만 저는 달나라를 구경시켜 준다는 소리쯤으로 생각할 수밖에 없었습니다. 그건 마치 북한을 통치하고 있는 김일성을 만나게 해주겠다는 소리만큼이나 상상하기 어렵던 때였으니까요. 통일 전에는 갈 수 있으리라고 상상조차 못했던 금강산에 대한 갈증은 나날이 심해졌습니다. 그래서 더러 정 회장의 아들인 정몽준 의원을 만나면 반농담으로 아버지의 약속을 은근히 말하곤 했습니다.

7년 후인 1998년, 정 회장은 6월과 10월에 소 떼 1,001마리를 이끌고 판문점을 넘어 북한에 갔고 드디어 같은 해 11월 18일에 여객선 '금강호'가 북녘으로 내달려 금강산 관광의 역사적 장정을 시작했습니다.

당시 김일성 주석이 정 회장이 머무는 백화원 초대소를 찾아오는 깜짝 면담으로 금강산이 개방될 것이라는 예측이 가능했습니다.

가슴이 뛰었습니다. 하루라도 먼저 달려가고 싶었지요. 당시 저는 국회의원 신분이었기 때문에 금강산에 가기 어려웠습니다. 정당 수뇌부에서 금강산 관광 금지령을 내렸기 때문입니다. 집권세력의 대북한 유화 정책을 '퍼주기'라고 판단한 탓이기도 했고 야당 의원이 여당의 정책에 가세하는 행위라고 생각했던 듯합니다.

마침 그때 정몽준 의원이 "아버지의 약속을 지키겠다"고 연락을 해왔습니다. 정 의원이 금강산 관광을 같이 가자고 하는 순간 정 회장의 느닷없는 약속이 주마등처럼 스쳐 지나갔습니다. 금강산 관광을 언제부터 구상했을지 알 수 없지만 생방송 중에 불쑥 꺼낸 말이 아니라 가슴속에 품은 각오였던 것입니다.

꽃 피는 봄날이 아니고 왜 하필 눈보라 치는 겨울에 금강산에 가자는 것이냐고 물으니 정 의원은 "금강산은 봄, 여름, 가을, 겨울 네 번을 봐야 제대로 보는데 가장 먼저 잎 지고 앙상하게 제 모습을 드러내는 개골산일 때부터 봐야 한다"고 했습니다. 아시다시피 금강산(金剛山)은 온 산이 새싹과 갖가지 꽃이 만발한다고 하여 붙여진 이름입니다. 여름은 봉우리와 계곡에 녹음이 지천으로 우거지므로 봉래산(蓬萊山)이라 하고, 가을엔 일만 이천 봉과 산자락이 온통 단풍으로 물든다 하여 풍악산(楓嶽山)이라 하며, 겨울엔 나뭇잎이 져서 암석과 산세가 고스란히 뼈처럼 드러난다 하여 개골산(皆骨山)이라고 부르지요.

눈발이 휘몰아치고 칼바람이 얼굴을 후려치는 매서운 동장군이 금강산을 더욱 매력 있게 했습니다. 산자락에서는 금강산의 절경을 마음껏 구경했지만 정상에 오르면 사정없이 불어오는 칼바람 때문에 눈조차 뜨지 못했습니다. 금강산이 스스로 장엄함을 한껏 뽐내기 위해 그리도 변화무쌍했는지 모릅니다. 훗날 다시 오마 하고 돌아왔지만 금강, 봉래, 풍악을 아직까지 보지 못했습니다.

어서 가벼운 걸음으로 금강산을 찾을 날이 오면 좋겠습니다.

뿔테 안경을 분질러
선물로 건넨 사람

나이가 들수록 겨울이 길고 춥게 느껴집니다. 점점 몸도 둔해지고 바깥나들이도 줄어들고요. 자주 만나는 친구들조차 날 풀리면 보자고 하기 일쑤이지요.

긴 겨울 방학 동안 바깥일도 줄어들 테니 이번 기회에 좋은 글 좀 쓰고 벼르던 책도 읽으며 겨울나기를 제법 알차게 할 궁리도 매년 잊지 않습니다. 새 달력을 한 장, 한 장 넘겨 보며 잊어서는 안 되는 날짜에 색연필로 칠도 하고 명절 연휴에 여행 갈 궁리도 하며 집안 대소사도 챙기곤 합니다. 어디 그뿐이겠습니까. 몸을 추스르기 위해 운동을 자주 하고 나쁜 습관을 고치고 게

으른 버릇을 다잡자는 생각도 꽤나 옹골차게 하기 마련이지요. 해마다 엇비슷한 다짐을 하면서도 내가 나한테 한 약속은 잘 안 지킵니다. 어째서 그런 것인지 곰곰 생각해 봅니다.

몇 해 전 겨울 한복판에 예술의전당 자유소극장에서 배우 전무송의 연극 50주년 기념 공연이 펼쳐진 적이 있습니다. 대한민국 연극사에서 누구도 부인하기 어려울 정도로 대표적인 배우 전무송의 배우 생활 50주년을 기념하는 연극 〈보물〉에서 그는 예술혼을 남김없이 불살랐습니다. 일흔 살의 대배우가 하늘 들으라는 듯 목청을 세워 무대에서 쩌렁쩌렁 질곡의 세월을 쏟아냈습니다.

그런 그가 배고픈 연극인으로 치열하게 살아온 세월이 50년이라니 가슴이 뭉클했습니다. 한국 현대사에서 대다수의 연극배우들은 처절한 예술혼을 잃지 않고 주린 배로 무대를 지켜왔습니다. 대성한 배우 전무송은 그나마 고생을 남들보다 조금 일찍 면할 수 있었습니다.

집도 절도 없던 그는 영화 〈만다라〉의 주인공을 맡아 삭발을 했고, 그 출연료로 서울의 변두리에 13평짜리 주공아파트를 겨우 장만했습니다. 은행 빚을 안긴 했지만 연극계에선 놀랄 만한 행운아였지요. 더러는 연극배우가 영화에 출연했다 해서 비난하던 시절이었습니다. 굶주려도 예술인의 긍지를 지키려는 치열한 열정의 한 단면이기도 했습니다.

집을 장만하고 집들이조차 못하는 게 말이 되냐며 몇몇 지인들이 그의 아파트로 쳐들어갔습니다. 등산용 버너로 삼겹살을 굽고 소주잔을 주거니 받거니 하면서 얼큰히 취하자, 전무송은 "나의 소원은 방 한 칸!"이라는 노래를 불렀습니다. 그도 울고 우리도 울었지요. 눈물을 훔친 그가 제 손을 부여잡고 말했습니다.

"우리 죽을 때까지 이 마음 변치 않고 세상에 굴복하지 말고 참되게 살자!"

우리는 손가락을 걸었고 그는 뿔테 안경을 벗어 반으로 '뚝' 잘라서 약속의 징표로 저에게 그 반쪽을 건넸습니다. 인생의 선배 전무송과 평생 인연이 된 사연은 참 아름다운 추억입니다.

50주년 기념 공연이 끝나고 젊은 시절 같이 마음공부를 했던

1년에 한두 번쯤 휴대폰을 며칠 꺼놓거나,
신문 방송과 절연한 채
호젓한 곳에서 명상을 하거나
하루 이틀 정도 단식을 해보면
자기 모습을 볼 수 있습니다.

사람들과 뒤풀이하는 자리에서 저는 배우 전무송의 손바닥에 볼펜으로 쓴 글씨를 보고 의아해졌습니다. 도저히 외울 수 없을 것 같은 긴 대사를 토씨 하나 틀리지 않고 외우던 배우가 낱말 몇 개를 못 외웠나 싶었지요. 사연을 물었더니, 나이 탓도 있지만 평소 잘 쓰지 않던 낱말이라 혹시 떠오르지 않을까 싶어 적어놓았다고 했습니다.

"그런데 굳이 손바닥을 보지 않고도 모두 떠올라서 실수 없이 잘하게 되더라."

커닝페이퍼를 만들 때 모르는 것을 되짚어보고 한 번 더 예상 문제를 확인하게 되어 막상 시험을 칠 때는 안 보고도 답을 쉽게 쓰는 경우와 같을 것입니다.

사람은 세월을 먹고살기 때문에 나이 들면 손바닥에든 마음에든 잊어서는 안 될 것들을 적어놓아야 하겠습니다. 현대인들에게 건망증이 심한 것은, 너무 많은 것을 보고 듣고 알아서 기억에 과부하가 걸리기 때문일 것입니다. 그래서 정작 나와의 약속, 잊어서는 안 될 사람이나 용서, 베풂, 진실, 행복과 같은 인간적 코드는 소홀히 하게 되는지도 모릅니다.

1년에 한두 번쯤 휴대폰을 며칠 꺼놓거나, 신문 방송과 절연한 채 호젓한 곳에서 명상을 하거나 하루 이틀 정도 단식을 해보면 자기 모습을 볼 수 있습니다. 그러면 어렵지 않게 자기의 인간적 코드를 읽을 수 있습니다.

일상에서 편리함은 디지털의 몫이지만, 행복은 아날로그라는 사실을 잊지 말아야 합니다. 인간적 코드는 결국 아날로그이고 그것이 곧 행복입니다.

6장

내 마음을 보는 연습

아름다운 동행

김홍도의 풍속화는 맛깔스럽고 감칠맛
나는 토속 음식처럼 소박하면서 풍자와 해학이 넘치고 정겹습
니다. 그중에 여인네들이 몸을 씻고 빨래하는 냇가의 바위에 숨
어 부채로 얼굴을 가리고 훔쳐보는 선비의 모습은 김홍도 그림
의 백미라 하지 않을 수 없지요. 그런데 만약 남정네가 목욕하
는 것을 여인네들이 몰래 엿보는 그림이었다면 과연 어떤 반응
을 보였을까요? 보나 마나 음란하고 천박한 여자라고 몰아붙였
을 것입니다.

호기심의 표현도 남녀가 같을 수 없는 세월이 길었다는 것을

부정할 수는 없지만, 남녀평등이 어느 정도 이루어진 현대에도 여성의 호기심엔 철조망이 쳐진 것 같습니다.

4천여 년 전 고대 수메르인들의 서사시 『길가메시』에 나오는 교훈에는 사람은 죽지 않을 수 없으니, 첫 번째로는 고향에 가서 의미 있는 일을 하고, 두 번째로는 친구들과 어울려 맛있는 것을 먹으며, 세 번째로는 아름다운 여인과 사랑을 나누라고 했습니다. 내용을 음미해 보면 역시 남성 중심의 이야기라는 것을 알 수 있습니다. 그 시절에 타향살이를 할 수 있었던 것은 남성이지 여성은 아니었을 것이니까요. 친구들과 어울려 맛있는 것을 먹을 자유도 남성들의 전유물이었고, 여성들은 음식을 만드는 존재였을 것입니다. 더구나 아름다운 여인과 사랑을 나누라는 명령은 남성에게만 주어진 권리 같은 느낌입니다.

어렸을 때의 시골 풍경을 떠올려보면 김홍도의 풍속도와 별반 다르지 않았습니다. 남정네들은 벌건 대낮에 벌거벗고 냇물에서 노닥거렸지만, 여인네들은 무더운 여름밤, 그것도 달 없는 그믐 무렵에 모여 죄지은 것처럼 목욕을 하곤 했습니다.

저희 어머니는 가끔 저를 멀찍이 세워놓고 망을 보게 하셨습니다. 그럴 때면 짓궂은 동네 아저씨들이 멀리서 담배를 피우며 구성지게 노래를 부르기도 했지요. 금슬 좋은 부부인 경우에는 아내가 동무들과 어울려 목욕하는 냇가 주변에서 남편이 망을 보는 봉사 활동을 하기도 했습니다.

근래에 중동에서 테러 집단으로 맹위를 떨치는 IS에 맞서는 쿠르드군 3분의 1은 여전사들이라고 합니다. 그녀들이 용감해진 흥미로운 내막이 얼마 전 알려졌습니다. '여자 손에 죽은 남자는 천국에 갈 수 없다'는 오래된 믿음 때문에 전투 중에 쿠르드 여전사와 조우한 IS 대원들이 줄행랑을 친다는 것입니다. 쿠르드족 민병대인 페시메르가 소속의 여전사들은 그래서 더욱 용맹을 떨치고 있다고 합니다.

이런 이야기 속에서도 여성을 무시하거나 천대하는 의식을 엿볼 수 있습니다. 무서워서가 아니라 하찮은 존재인 여성에게 당하면 천국에도 갈 수 없는 운명으로 전락한다는 의미가 훨씬 강하지요. 전투에 나선 장군이 적의 졸병에게 패하는 것은 견딜 수 없는 굴욕이듯, IS 대원들도 쿠르드 여전사는 하찮은 존재로 여긴다는 것을 알 수 있습니다.

단체 여행이나 행사가 있을 때마다 여성용 화장실 앞에 길게 줄 선 여성들의 쑥스러워하는 모습들을 볼 수 있습니다. 남성들은 줄 서는 경우가 별로 없고 줄을 서도 금세 줄어들기 마련인데 여성들은 화장실 밖에서 한동안 줄을 서곤 합니다. 근래에 어느 정도 개선되었다고는 하지만, 아직도 여성용 화장실 앞의 불편하고 어색한 장면은 어렵지 않게 볼 수 있습니다. 이런 현상은 누가 뭐라고 해도 남성 중심 사회의 잔재일 수밖에 없습니다.

10여 년 전, 국회의원으로 일하던 시절에 저는 8년 동안 집요하게 "국회 건물 안에 남성용 사우나 시설은 있는데 여성용은 왜 없느냐"면서, "남성용을 없애든가 여성용과 직원용도 만들어야 한다"고 역대 국회의장과 맞선 적이 있습니다. 여성 국회의원 숫자가 늘고 직원들은 그보다 훨씬 더 많은데도 남성 국회의원만 혜택을 보는 것은 평등하지 못하다고 생각한 저는 국회의원 재임 시절 단 한 번도 사우나 시설을 이용하지 않았습니다.

결국 제 주장을 받아들인 것은 이만섭 국회의장이었습니다. 며칠 뒤에 여성 국회의원들이 고맙다며 찾아와 "감사의 표시로 여성용 사우나 시설 안에 김홍신의 동상을 세워주겠다. 대신 두 눈을 감은 것으로 하겠다"고 했습니다. 저는 "한쪽 눈만 뜨게 해 주세요"라고 했지요. 모두들 폭소를 터뜨렸습니다. 그리고 얼마 후 여성용 시설이 드디어 생겼습니다.

이제 우리는 '여류 문인', '여성 CEO', '여선생님', '여의사' 등등에서 '여' 자를 빼내고 우리의 머릿속에 스며 있는 불편한 진실을 정돈할 때가 되었습니다. 얼마 전 터키 대통령이 "남녀평등은 인간의 본성을 거스르는 것"이라고 말해 논란을 빚은 적이 있습니다. 그 역시도 하늘 아래 인간은 누구나 동등하다는 사실을 새삼 기억해야 할 것입니다.

"어! 진짜가 왔네"

시절이 수상하던 1980년대 초, 제가 쓴 장편소설 『인간시장』은 순식간에 10만 부가 판매되었고, 이듬해 100만 부를 돌파해 대한민국 역사상 최초의 밀리언셀러로 기록되었습니다. 그러자 여러 가지 기현상이 생겼는데 그중에 기억나는 몇 가지 '가짜 이야기'가 있습니다.

『인간시장』의 주인공 이름이 '장총찬'인데, 젊은 시절에 '가짜 장총찬' 노릇을 했다고 실토하는 사람을 요즘도 더러 만납니다. 물론 남에게 피해를 준 게 아니라 술김에 그랬다거나 친구들이 지어준 별명 때문에 여자들 앞에서 잘난 척해보았다는 정도였습니다.

그 당시 여기저기에서 가짜 장총찬이 출몰한다는 소문은 들었지만 실체를 알게 된 것은 집으로 걸려 온 전화 때문이었습니다. 가짜 장총찬에게 억울한 일을 당했거나 손해를 본 여자들의 사연은 아주 절박했습니다. 저와 통화하며 우는 여성도 간혹 있었습니다.

제가 쓴 소설 속 주인공의 이미지로 인해 선량한 독자들이 피해를 본 것에 대한 도의적 책임감으로 격분했던 저는 그 가짜들을 반드시 붙잡아 혼을 내주고 싶었습니다.

그러나 저를 더욱 곤혹스럽게 만든 것은 '가짜 김홍신'의 출현이었습니다. 가짜 장총찬보다 훨씬 심각한 문제였습니다. 제 이름을 팔고 다니면서 못된 짓을 한다는 것을 알게 된 것은 저희 집으로 찾아온 한 여성 때문이었습니다. 그녀는 제 얼굴을 보더니 와락 울음을 터뜨렸지요. 그 후에도 여러 번 그런 전화를 받았는데, 그녀들이 만났다는 '김홍신'의 생김새와 몇 가지 사실을 확인해 보면 대번에 가짜에게 속았다는 것을 알 수 있었습니다. 어떤 여성은 제 아내에게 "지금 당신도 가짜에게 속고 있는 거다. 조심하라"라고 하거나 "사기꾼이니 경찰에 신고하라"는 경우도 있었지요.

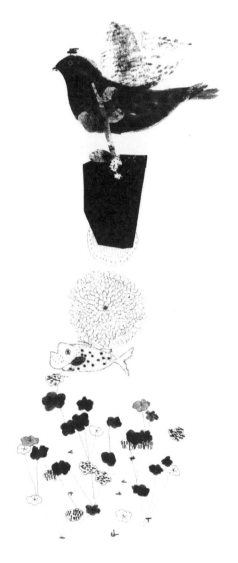

인생의 행복과 자유는 자신의 삶을 스스로 주도할 때 누릴 수 있습니다.
어떤 선택을 하더라도 그 이유가 분명해야 자유로운 삶일 것입니다.

그러던 어느 날, 친지에게서 전화가 걸려 왔습니다. 어느 술집에서 가짜 장총찬이 술을 마시고 있다는 제보였지요. 저는 급히 달려가 떡 벌어진 어깨에 다부진 눈매의 힘깨나 쓸 것 같은 젊은 사내를 만났습니다. 녀석의 첫마디가 가관이었습니다.

"어! 진짜가 왔네."

스스로 가짜라는 것을 밝힌 녀석은 여유 있게 웃었습니다. 오히려 제가 조심스럽게 따져 물었습니다. 술 취한 녀석은 호방하게 웃더니, 친구들이 소설 속의 장총찬 같다며 모두 장총찬이라고 부르는데 어쩌란 말이냐고 했습니다. 악의가 없다는 것을 눈치챈 것은 같이 술 마시는 친구들이 내 앞에서도 녀석을 총찬이라고 불렀기 때문입니다.

"혹시 제 소문을 듣고 저를 모델 삼아서 쓴 거 아닌가요? 그렇다면 얼마든지 소재를 제공할 용의가 있습니다. 저는 남에게 해코지하거나 나쁜 짓 하지 않습니다. 소설 속 장총찬처럼 멋지게 살 거라고요."

저는 그의 등을 두드려주고 소주값을 대신 내주고 돌아왔습니다. 기분 나쁘거나 속상하지 않았습니다. 그런 녀석들이 더 생겨도 나무라고 싶지 않았습니다.

제가 텔레비전 출연이 잦아지고 신문이나 잡지에 제 사진이 오르면서 가짜 김홍신은 맥을 못 추게 되었습니다.

『인간시장』이 정신없이 팔리던 때, 짝퉁이 출몰하기도 했습니다. 리어카에 싣고 다니며 책의 절반 가격으로 팔기도 했고, 시장 주변의 좌판이나 골목에 카바이드 등불을 켜놓고 짝퉁을 파는 것을 봤다는 사람도 있었습니다. 소문을 듣고 달려가 짝퉁을 직접 사며 공급처를 물었지만 간첩들이 접선하듯 점조직으로 공급하기 때문에 범인을 잡을 수가 없었습니다.

나중에 출판사 측에서 인쇄소를 급습했지만, 한탕 해먹고 도망가는 짝퉁 출판사 주인은 결국 잡지 못했습니다. 요즘 같으면 상상할 수도 없는 일인데, 그 시절에는 『인간시장』 말고도 불법으로 복제해서 파는 베스트셀러가 꽤 많았습니다.

세월이 꽤나 흐른 요즘엔 제가 '가짜'나 '짝퉁'이 되어버리는 경우도 종종 있습니다. 몇 해 전 지방에 일이 있어 비행기를 타러

공항에 갔는데 30대쯤 되어 보이는 사람이 지나가는 제 뒤통수
에다 대고 이렇게 말했습니다.

"저 사람 영락없는 김홍신 짝퉁이네."

나의 악당,
나의 분신

어느 동화 작가가 책이 잘 팔리지 않아 고민하자, 작가의 어린 자녀가 "아빠, 동화에는 악당이 없어서 재미가 없어"라고 했다는 이야기를 듣고 무릎을 친 적이 있습니다. 신문을 펼쳐 읽기가 싫을 정도로 각양각색 사건 사고가 넘쳐나는 세상이 되었습니다. 작가의 상상력을 뛰어넘는 범죄와 악당들의 파렴치한 모습은 '짐승만도 못하다'는 말을 실감하게 합니다. 소설에서도 전과 다르게 악당의 행태가 잔혹하고 비열해진 것은 시대상의 반영인지 모릅니다.

드라마에 악당이 없으면 재미는 반감되기 마련입니다. 아리스토텔레스의 『시학』을 들먹이지 않아도 인생사에는 선역 (protagonist)과 악역(antagonist)이 존재할 수밖에 없는 것이 세상의 이치인 것 같습니다. 우리의 3대 고전소설이라 일컫는 『춘향전』『흥부전』『심청전』을 생각해 보면 선한 자와 악한 자의 대표적 인물이 떠오를 것입니다.

『춘향전』에서 만약 변학도라는 악당이 없었다면 어찌 되었을까요? 재미도 반감되고 감동도 적으며 이야깃거리가 밋밋할 수밖에 없을 것입니다. 『춘향전』에서 가장 극적인 장면이자 통쾌한 반전, 카타르시스를 느끼게 해주는 '암행어사 출두'도 별 의미가 없습니다. 소식 없는 연인을 애절하게 기다리는 여인에게서 풍기는 '사랑의 숭엄함'도 사라질 것입니다. 양반 자제와 퇴기의 딸이 신분을 극복한 '절절한 사랑가'에선 악당이 없으면 갈등 구조도 얕을 수밖에 없습니다.

『흥부전』에서는 악당의 역할이 더욱 빛납니다. 차라리 '놀부전'이라고 불러도 좋을' 만큼 놀부의 심술과 악행이 두드러지고 사건의 전개에서 놀부가 주인공 노릇을 하지요. 만약 놀부도 착하고 형제간 우애가 돈독하며 농사지은 볏단을 밤에 몰래 동생네 논에 가져다 놓는 형님이었다면 『흥부전』은 '따스한 미담' 정도밖에 안 되었을지도 모릅니다. 욕심과 심술의 상징적 인물인 놀부에 대한 '징악'은 요즘에도 국민적 공감대를 일으킬 수 있다는 사실을 부정할 수 없습니다.

심청을 인당수에 몰아넣으려 '공양미 300석'을 요구한 자와 심청을 빠뜨린 자의 악행이 심청을 효성의 상징으로 만들었습니다. 심 봉사를 농락한 뺑덕어미가 없었다면 재미는 더 반감되었을 것이고요.

세상에는 악당이 의외로 많습니다. 드라마나 소설에서처럼 악당 때문에 선한 사람과 의로운 사람이 더욱 빛나기는 하지만 악당의 비열함과 잔혹함은 점점 대범하고 오싹해집니다.

사람의 몸속에도 악당이 제법 많습니다. 암세포를 비롯해 갖가지 병균이 우리를 호시탐탐 엿보고 있지요. 그러나 그런 악당들 때문에 우리 몸은 더욱 건강에 대해 관심을 갖고 대비를 합니다.

우리 마음속에도 악당이 자주 출몰합니다. 마음을 갉아먹고 세상을 원망하게도 하고요. 남을 미워하고 분노로 일그러지게 하기도 합니다. 마음속의 악당은 변덕이 죽 끓듯 하고 걸핏하면 주인의 목덜미를 물고 흥정하자고 덤빕니다. 그러나 방법이 없는 것만은 아닙니다. 오히려 퇴치법은 간단합니다. 최고의 방법은 '생각을 슬쩍 바꾸는 것'입니다.

소백산 자락의 작은 암자에는 노스님이 홀로 계십니다. 겨울바람이 몹시 불던 날 스님과 함께 잠자리에 들었습니다. 처마 끝에 매달린 풍경 소리는 밤새도록 되알지게 땡그랑거렸지요. 저는 밤을 꼬박 지새웠는데 스님은 태연하시기만 했습니다.

새벽에 스님께 여쭈었습니다. 늘 듣는 풍경 소리라서 익숙하신 것이냐고요. 그러자 스님이 대답하셨습니다.

"풍경 소리를 귀로 들으면 누군들 잠들 수 있겠는가. 풍경 소리를 마음으로 들으면 자장가가 되리니……."

어찌하면 마음으로 들을 수 있느냐고 여쭙자 스님이 웃으셨지요.

"세상에 저절로 되는 것이 어디 있으며 죽을 만큼 해서 안 되는 것이 있을까."

마음은 온 우주가 들어찰 만큼 텅 빈 듯 넓다가도, 티끌 하나 놓을 데가 없이 좁아지기도 합니다. 세상을 한입에 삼킬 듯 용감하다가도, 한순간 맹수한테 쫓기듯 겁을 먹기도 하고요. 그래서 내 몸을 보듯이 내 마음을 보는 연습을 해야 합니다. 내 마음에 자리 잡고 있는 악당은 내가 데리고 함께 살아야만 하는 나의 분신이기 때문입니다.

광대무변한
인도의
이야깃거리

세상 구경을 하면서 가장 생각을 많이 하게 한 나라는 인도입니다. 어느 해 겨울, 법륜 스님과 함께 인도와 네팔을 16일 동안 고행하듯 다녀온 적이 있습니다. 오가는 길이 험난한 인도 기행은 그때가 네 번째였는데, 갈 때마다 설레는 이유는 광대무변한 인도의 무량(無量)한 이야깃거리 때문입니다.

불가촉천민이 사는 둥게스와리는 2,600년 전에 붓다께서 6년간 고행한 전정각산 아래 시타림[尸陀林] 자리입니다. 시신을 태울 수조차 없던 빈궁한 사람들이 시신을 내다 버리던 곳이지요.

인도에서도 가장 빈곤하고 문명의 혜택을 받지 못한 그곳에 법륜 스님이 유치원과 초·중등학교를 세워 1천여 명의 재학생을 무료로 가르치고 먹고 입는 것까지 해결해 주고 있습니다. 1995년에는 콜레라의 발원지라는 말을 들었을 정도로 환경이 열악한 둥게스와리는 물도 귀하고 농사도 짓지 못하는 척박한 땅에 비쩍 마른 소와 개, 야생 돼지만이 살고 있습니다.

그곳에서 소똥은 매우 귀한 연료입니다. 소똥을 손으로 주물러서 손바닥만 하게 만들어 벽에 붙여 말리면 화력이 좋은 연료가 되지요. 온 식구가 함께 쓰는 단칸방에도 말린 소똥을 덕지덕지 붙여두고, 거기다 방에 염소를 들여와 함께 사는 사람도 있습니다.

금방 손으로 주물러 붙여놓은 소똥에 코끝을 대어보았습니다. 그걸 손으로 주물럭거리다가 그대로 손을 탈탈 털고는 그 손으로 음식을 먹는 사람의 심정을 느껴보려고 소똥을 코끝에 대어본 것이지요.

세상에, 이럴 수가. 악취가 아니라 구수한 향내가 났습니다. 더욱 깊게 숨을 들이쉬었습니다. 분명 향내였습니다. 풀 향기였지요. 척박한 땅에는 풀도 거의 없고 듬성듬성 나 있는 풀도 억세기만 했는데 말입니다. 먹이가 턱도 없이 부족한 소들은 거의 완

벽하게 그것을 소화시켰고 소화하기 어려운 섬유질 똥을 쌀 수밖에 없는 것이었습니다. 맨손으로 다루면 손을 벨 수밖에 없는 억센 풀들이기에 섬유질 또한 질깁니다. 먹이가 풍족하거나 채소, 과일 등을 먹은 다른 지역의 소똥은 냄새가 고약하고 묽은데 이 지역의 소똥은 푸석거리고 마른 것이 특징이지요.

가난한 사람들의 주식은 밀가루를 반죽하여 손바닥만 하게 둥글려 소똥에 구워 먹는 '난'이나 '자빠띠'가 고작인데 그걸 한 입 베어 물면 은은한 풀 향이 배어 나오기 마련입니다. 우리는 많이 먹어서 득 될 게 없는데도 많이 먹으려고 애쓰지요. 많이 먹었다면 소화시키기 위해 몸을 많이 움직여야 건강한 몸을 가질 수 있습니다.

아니, 우리는 무엇이든 많이 갖고 많이 거느리고 많이 모으려고 애씁니다. 그래서 인간의 향기를 분실하고 악취를 풍기는 것이 아닐까요. 많이 갖는 것이 나쁜 게 아니라 정당하게 수고하지 않고 가지려 하고, 많이 거느리는 것이 나쁜 게 아니라 술수와 부당한 처신으로 거느리려 하고, 많이 모으는 것이 나쁜 게 아니라 수많은 사람의 희생과 노고를 착취한 것이 악취의 원인입니다.

제 삶을 찬찬히 살펴보았습니다. 적절한 욕구 이상의 더 큰 욕구를 가졌다는 걸 느낄 수 있었습니다. 욕구가 나쁜 것이 아니라 욕구를 해소시킬 노력과 수고를 게을리하며 살아왔다는 걸 알게 되었지요.

우리는 흔히 소똥으로 밥을 짓고 빵을 구워 먹는 그들을 더럽고 보잘것없다고 생각하기 쉽습니다. 만약에 그들이 소똥 대신 나무를 베어 땔감으로 사용했다면 그 일대에는 나무 한 그루, 풀 한 포기 없는 황무지가 되었을 것이 뻔합니다. 나무 열 그루를 심어도 한 그루 살려내기 어렵다는 척박한 땅에 나무를 심어 숲을 만들고 있는 한국의 봉사자들에게 절로 고개가 숙여졌습니다.

둥게스와리 마을을 돌아다녀보면 산지사방에 인분이 널려 있습니다. 인도의 시골 마을은 어디나 마찬가지로 화장실이 없지요. 아무 데서나 대소변을 보기 때문에 자칫하면 그것을 밟을 수밖에 없습니다. 그들의 오랜 습성이고 문화일 뿐인데 우리는

이제부터 휴지 한 장을 쓸 때마다
나뭇가지 한 개를 잘라 썼다고 생각하기로 하면 어떨까요.
여행에서 보고 듣고 생각한 것들이
모두 스승이 아니고 무엇이겠습니까.

그들을 불결하고 어리석다고 생각하곤 합니다. 만약 그들이 모두 수세식 화장실을 사용하고 화장지를 사용한다고 가정해 보면 그들이 얼마나 고마운 존재인지 알 수 있을 것입니다. 이제부터 휴지 한 장을 쓸 때마다 나뭇가지 한 개를 잘라 썼다고 생각하기로 하면 어떨까요. 그렇다면 이런 여행에서 보고 듣고 생각한 것들이 모두 스승이 아니고 무엇이겠습니까.

가난에 찌든 이가
가르쳐준 교훈

봄을 알리는 남녘의 꽃 중에 제일 부지런한 것은 서귀포의 유채꽃입니다. 무연히 펼쳐진 벌 가득 샛노란 꽃무리는 지구가 살아 움직인다는 신비로움을 전달하기에 부족함이 없지요. 유채꽃은 분명 봄의 전령사 같은 꽃임에도 저는 설날에 피는 설맞이 꽃으로 느끼곤 합니다. 그 이유는 이렇습니다.

20여 년 전 겨울, 설 연휴에 서귀포 토굴에서 정진하던 스님이 서울 행차를 했습니다. 스님이 내민 신문지를 풀자 비닐에 싸인 유채꽃이 샛노란 자태를 뽐내고 있었지요.

"스님, 살생하셨네요. 한겨울에 핀 꽃을 어쩌자고 꺾으셨나요?"

장난기 섞인 제 말에 스님은 멋쩍게 웃으며 전후 사정을 털어놓았습니다.

"토굴을 나서는데 햇볕이 아주 잘 드는 오목한 돌담 아래 유채꽃이 어찌나 예쁘게 피었는지 선생님 갖다 드리면 좋아하실 것 같아 꺾었지 뭡니까. 아차, 싫었지만 도로 붙여놓을 재간이 없어서 얼른 휴지에 물을 묻혀 유채꽃 가지를 싸고 조심조심 데려왔으니 나무라지 마세요. 그러지 않아도 꽃한테 송구스러워 마음이 그러니까요."

약간 시들기는 했지만 봄기운을 담뿍 안은 유채꽃을 화병에 꽂았습니다. 그러나 하룻밤 지나고 나니 유채꽃은 고개를 푹 숙인 채 힘겹게 꽃병을 붙잡고 있는 형상이 되었습니다. 스님의 애틋한 마음과 그 정성을 함부로 저버릴 수 없어서 저희 집 양지바른 꽃밭에 묻어주었습니다. 꽃은 하루 만에 졌지만 20여 년이 지났어도 설 무렵만 되면 제 마음속에서 유채꽃이 피어나고 그 이름도 설맞이 꽃으로 변하곤 합니다.

왕이 사는 구중궁궐에 어찌 화사하고 어여쁜 꽃이 없겠습니까. 그런데 궁궐에서는 생명을 존중하는 의식 때문에 생화를 꺾어 치장하지 않았다고 합니다. 대신 자연에 가까운 재료를 골라 꽃을 만들었다지요.

질 좋은 비단을 골라 홍화, 치자, 쪽, 쑥, 봉숭아, 솔잎, 황토, 먹 등의 천연 재료로 염색해서 갖가지 기구로 모양을 본뜨고 불에 달군 인두로 눌러 진짜 꽃잎처럼 만든 가짜 꽃인 채화(綵華)로 궁궐을 치장했답니다. 궁에는 채화를 만드는 꽃 기술자인 화장(花匠)이 수십 명씩 있었다는데, 얼마나 솜씨가 좋았으면 벌과 나비가 날아들 정도였다고 하지요. 꽃잎을 만들 때는 노루털이나 모시 가닥으로 수백 겹이나 되는 인조 꽃잎을 정성 들여 한 땀씩 엮어 만들었고 꽃술은 진짜 꽃가루를 꿀에 개어 발랐기 때문에 벌과 나비가 진짜 꽃으로 알 만도 했을 것입니다.

1980년 초반 소설 집필을 위해 세계 곳곳으로 취재를 다니던 때, 한번은 인도에 간 적이 있습니다. 공항에 도착할 때 받은 꽃목걸이부터 가는 곳마다 선물해 주는 꽃다발 때문에 호텔 방은 온통 꽃 천지였습니다.

이튿날 아침에 호텔방을 나설 때 제 방을 담당하는 직원이 화사한 꽃다발을 들고 반갑게 인사를 하더군요. 그곳에 워낙 인건

비가 싸고 취업난이 심각하던 시절이어서 방마다 종업원이 한 명씩 딸려 있었습니다. 꽃을 줄 때마다 1달러씩 주는 것이 도리라고 해서 얼른 1달러를 주었습니다. 그런데 방에 드나들 때마다 꽃다발을 내미니 나중에는 은근히 꽃을 강매하는 것 같아서 불편했습니다. 하지만 거절할 수가 없었습니다.

결국 사흘 만에 제 방은 꽃 대궐이 되어버렸습니다. 그런데 가만히 생각해 보니 제 평생 이렇게 적은 돈을 써서 이렇게 많은 꽃으로 치장할 수 있다니 과분하다는 느낌이 들었습니다.

당시 인도의 서민들에게는 1달러가 하루 생계비였습니다. 종업원들은 호텔 근처에 널려 있는 꽃을 꺾어서 일당 5~6달러를 버는 것이 큰 행운이었을 것입니다.

다른 곳으로 떠나기 위해 짐을 꾸려놓고 문밖에서 기다리는 종업원을 불러 방에 있던 꽃을 모두 가져가라고 했을 때, 그가 말했습니다.

"꽃의 주인은 본디 하늘과 땅이니 주인에게 돌려주겠습니다."

그는 연신 고개를 숙였습니다. 무슨 뜻인가 물었더니 살아 있는 것을 꺾었으니 속죄하기 위해 꽃밭에 묻어주어야 한다는 말이었습니다.

헐벗고 가난에 찌들어 여윈 모습이었지만 생명의 존엄성을 저에게 가르쳐준 것 같아 가슴이 뛰었습니다. 생존 때문에 꽃을 꺾어 돈벌이를 해야 했지만 속죄해야 한다는 말은 아직도 제 귓가에 쟁쟁합니다.

그때 이후로 저는 종종 되새겨보곤 합니다. 다만 세상을 빌려 쓸 뿐이면서도 마치 내 것인 양 함부로 사용하고 있는 것이 아닌지를.

7장

따뜻한 마음도
퍼내지 않으면 말라버리리니

향기 나는 배려

아홉 살의 매캐이던이라는 아이가 아프가니스탄에 파병됐다 전사한 아버지 가예고스 하사의 서른한 번째 생일에 편지를 썼습니다. 아이는 편지에 아버지의 군대 생활은 어떤지, 좋아하는 음식은 무엇인지, 취미는 어떤 것인지 등을 물어보았지만 세상을 떠난 아버지에게 편지를 전달할 수는 없었습니다. 아이의 엄마는 페이스북에 아들의 사연을 올렸고, 알래스카 재향군인 단체가 예비역 F-22 전투기 조종사인 브라이언 볼드윈 중령에게 도움을 요청했습니다.

아빠를 향한 사랑을 담은 편지는 2013년 1월 24일에 F-22 전투기에 실려 비행기가 오를 수 있는 가장 높은 곳까지 올라갔습니다. 최대한 천당 가까이 가져다주기 위해서였다고 합니다.

이런 아름다운 배려 덕분에 세상 살맛이 납니다. F-22의 출격 비용이 적지 않았겠지만, 수많은 사람들의 가슴을 뜨겁게 한 배려는 돈으로 환산할 수 없는 '황홀한 배려'이기 때문입니다.

모래 바다라고 일컬어지는 사하라 사막, 중국을 삼킬 만큼 무시무시하다는 고비 사막, 지구에서 가장 건조한 곳으로 몇 천 년 전에 죽은 동식물들이 부패하지 않고 햇빛에 구워진 채로 남아 있다는 칠레의 아타카마 사막을 마라톤으로 횡단했습니다. 그리고 연달아 남극과 북극점 마라톤을 했습니다. 이어서 히말라야, 알프스 산맥, 뉴질랜드 정글 등 극지를 주파했습니다.

극지 마라톤 총 1만 킬로미터를 10킬로그램의 배낭을 메고 뛰었습니다. 로봇이 아니라 사람이 뛰었지요. 한국인 최초로 극지 정복 그랜드슬램을 기록한 안병식 씨의 이야기입니다. 안병식 씨는 극지 마라톤을 통해 인간의 한계에 맞서 싸워 이겨보겠다는 의지를 다졌고, 그 의지를 실현하기 위해 노력했습니다. 육체적으로는 고된 일이었지만, 정신의 승리를 확인하고자 한 자기 자신을 배려한 것입니다.

'자기 배려'는 자신의 실수나 결점을 연민과 이해를 가지고 바라보는 것입니다. 인류의 역사는 '자기 배려'를 통해 발전하고 문명을 꽃피워왔습니다.

　국무총리 내정자를 소개하는 신문 기사의 제목에 '300가구 중에 새시 안 한 유일한 사람'이라는 표현이 있었습니다. 법치주의자이고 청렴결백하다는 것을 강조하려고 그랬겠지만, 그 아파트에 사는 다른 사람들은 배려하지 않은 것이었습니다. 그가 입주할 당시에는 새시 설치가 불법이었지만 그 후로 합법으로 인정되었다는 사실을 밝히지 않았습니다. 게다가 새 아파트에 새시를 불법으로 설치해 줄곧 살고 있는 사람도 있겠지만, 새시를 설치한 후에 이사 온 사람도 꽤 많았을 것입니다. 내정자만 빼고 299가구가 법을 안 지켰다는 식의 논리는 한 사람을 영웅시하는 방법치고는 몹시 치졸했습니다.

　합법화한 뒤에도 새시를 설치하지 않은 것으로 미루어 그대로 사는 것이 별로 불편하지 않은 듯합니다. 결국 그 내정자는 여러가지 의혹 때문에 스스로 물러나고 말았지요. 청렴결백하지도 않고 법치주의자도 아니라는 게 입증되었습니다. 그러나 그 299가구 아파트에 사는 사람들의 실추된 명예는 어디서 찾을 수 있을까요? 그 내정자 못지않게 법과 질서를 존중하며 살아온 주민들의 억울한 심정은 보상받을 길이 없습니다.

한참 전에는 학자 출신 국무총리 내정자가 검소하고 청렴결백하다는 것을 애써 강조하려고 그랬는지 그가 사는 집의 갈라진 담장 사진을 언론에서 대문짝만하게 실은 적이 있습니다. 소박하고 욕심이 없다는 것을 증명하려는 듯했지요.

그것은 결코 검소한 모습이 아니었습니다. 시멘트 한 됫박과 모래 몇 삽만 있으면 서툰 솜씨로라도 메울 수 있는 일이었으니까요. 한 나라의 국무총리가 되겠다면서 자신이 사는 집을 관리하고 단속하지 못할 정도라면 어찌 나라와 국민을 살필 수 있겠습니까.

논문 쓰고 학생을 가르치고 학문을 닦는 데 몰두하느라 자기 집 담장이 갈라진 것을 손질할 여유가 없었다는 논리로 국무총리 내정자를 칭송했지만, 그 역시 스쳐 지나간 국무총리로 국민들에게 쉽게 잊혀졌습니다.

언론은 담장 사진을 통해 내정자를 극진히 배려했지만 이 땅의 주인인 국민을 배려하지는 않았습니다. 오히려 그 사진 설명을 '내 집 담장 갈라진 것도 손질 못 하면서 국민의 갈라진 마음을 어찌 보살필 것인가'라고 쓸 수 있는 '국민 배려'였다면 진정으로 가치 있는 기사가 되었을지 모릅니다.

이제 대한민국도 '향기 나는 배려의 나라'가 될 만큼 성장했습니다. 그것은 가진 자, 힘 있는 자, 누리는 자의 '황홀한 배려'가 전제되어야 합니다. '배려 만발'의 세상을 꿈꿉니다.

뒷광대와
귀명창

객석에서는 보이지 않지만 무대 위 배우의 연기를 빛나게 하는 일꾼들을 가리켜 '뒷광대'라고 합니다. 우리는 늘 무대 위에 있는 배우에게만 관심을 가질 뿐, 정작 무대를 만든 사람들의 수고는 생각하지 못하지요. 공부 삼아 시작한 일이지만, 저는 한국문화재재단에서 운영하는 '풍류극장'에서 판소리 명창들이 세상 만물의 소리를 자유자재로, 소리로 천하를 평정하는 듯한 '득음' 공연을 할 때 해설자로 나서길 4년째 하고 있습니다. 판소리 다섯 바탕은 2003년 11월 7일에 유네스코 '인류 구전 및 세계무형유산걸작'으로 선정되어 세계무형

유산이 되었습니다.

본디 판소리 예술이란 자신이 받은 감동을 다른 사람에게 전달하는 영혼의 춤사위이자 천둥소리이기 때문에 세상 사람들에게 기쁨을 주는 절묘한 장단일 수밖에 없습니다. 〈흥보가〉의 박송희 명창, 〈수궁가〉의 남해성 명창, 〈심청가〉의 성창순 명창, 〈춘향가〉의 성우향 명창, 〈적벽가〉의 송순섭 명창이 가시덤불 헤쳐 온 고난의 여정은 우리 민족의 고난사와 흡사합니다. 절대 빈곤의 늪에 빠져 있으면서도 그 한을 흥으로 바꾸려고 무던히 애써 온 모습을 엿볼 수 있었습니다.

예인을 천시하고 멸시했으며, 노래하고 춤춘다는 사실만으로 여성은 기생, 남성은 광대로 놀림을 받아야만 했습니다. 그런데 세월이 흘러 그들은 대한민국의 인간문화재요, 우리 시대의 절창으로 평가받게 되었지요.

칠순을 훌쩍 넘겨 팔순, 구순이 된 연세에도 소리꾼의 장쾌함은 심장을 고동치게 합니다. 마치 천군만마가 장수의 호령 한마디에 지축을 흔드는 듯, 연기 한 자락이 실바람에 날려 흔적도

없이 사라지듯, 이슬 한 방울이 햇살 한 줌에 스르르 몸을 감추
듯, 천 길 벼랑을 타고 쏟아지는 장엄한 폭포수인 듯, 천하제일의
풍광이요 울울창창한 대지가 대지진으로 흔적 없이 사라지듯,
천둥, 번개, 벼락이 한꺼번에 울부짖어 산악을 무너뜨리듯, 춘정
못 이겨 잠 못 드는 이에게 홀연히 님이 다가와 담뿍 안아주듯,
눈을 뜨는 세상이 온통 꽃밭으로 변해 꽃 멀미를 하는 듯한 판
소리의 오묘한 소리는 정녕 득음의 경지가 아닐 수 없습니다.

　그럼에도 명창들의 소리를 귀 기울여 들어주는 귀명창들이 없
다면 소리명창의 존재 가치는 빛나지 않지요. 어디 그뿐이겠습니
까. 무대에 오른 명창과 장단 맞추어 소리꾼의 흥을 돋우는 고수
를 앞광대라고 한다면 무대 뒤에 있어 보이지 않지만 공연을 이
끄는 수많은 일꾼들은 뒷광대라고 할 수 있습니다. 관객의 눈에
는 앞광대만 보이는데, 뒷광대 중 누군가 하나라도 없으면 그 공
연은 성공하기 어렵습니다.

　인간사 또한 매한가지입니다. 우리나라가 전쟁의 폐허를 딛고
일어나 짧은 시일에 선진국을 바짝 쫓을 만큼 성장한 것은 경제

개발의 주역으로 일컬어지는 소수보다 산업 현장에서 박봉에도 밤을 낮 삼아 매진한 수많은 뒷광대들의 피와 땀이 있었기 때문입니다. 이 모두를 통해 우리의 장엄한 역사가 탄생되었습니다.

제 또래의 사람들은 대체로 10여 년 전에 은퇴했습니다. 그들은 은퇴한 뒤에야 비로소 아내가 자기 인생의 뒷광대였다는 것을 알게 되었다고들 말합니다. 일터에서 아등바등하며 살 때는 돈 벌어 오는 존재만 귀한 줄 알았는데, 은퇴 후에 살펴보니 뒷광대인 아내가 아이 키우고 살림살며 온갖 대소사를 챙기는, 표 안 나는 일을 하며 집안을 일으켰다는 사실을 알게 되더라는 것이지요. 뒷광대 노릇을 한 아내의 수고와 헌신이 고마운 것을 조금 일찍 알았더라면 좋았을 것이라고 말하는 남자들이 요즘 들어 많아진 것 같습니다.

옛날 이글루에 살던 에스키모족 노인들은 죽을 때가 되었음을 알고 스스로 이글루를 떠나 북극곰이 있는 곳으로 가서 그 먹이가 되었다고 합니다. 남은 가족들을 위해 장례 절차를 편하게 만들어주는 것과 더불어, 북극곰은 훗날 에스키모족 후손의 먹이가 되기 때문이라고 하지요. 앞광대였던 그가 노인이 된 후에 오직 가족을 위한 마지막 뒷광대의 헌신으로 생을 마감하는 모습에 전율한 적이 있습니다.

어디에서나 보이지 않게 뒤에서 묵묵히 도와주는 사람들이 있기에 인류가 발전하고 우리는 문화의 향기와 문명의 혜택을 누릴 수 있습니다. 그들의 노고를 잊지 않고 위로해 주는 일은 당연히 해야 할 일입니다. 저는 과연 어떤 역할을 했는지, 앞광대 노릇에만 익숙해진 것 같아 순간 부끄러워집니다.

마음을
내놓으십시오

초대형 태풍이 '싹쓸바람'과 '물 폭탄'을
몰고 온다는 소식을 듣는다면, 가슴이 철렁 내려앉지 않는 사람
이 없을 것입니다. 몇 해 전 태풍에 놀란 저도 걱정이 태산이었
습니다. 백 년도 더 된 저희 집 마당의 향나무가 뽑히고 지붕의
싱글이 들뜼으며 멀쩡하던 천장에 빗물이 새는 불편함을 겪은
적이 있었기에 그때도 가슴 졸이며 태풍 대비를 시작했습니다.

유리창에 신문지를 붙여야 태풍을 견딜 수 있다는 예방 대책
이 발표되었습니다. 테이프만 붙여도 초속 30미터 정도는 버틴
다더니, 서울 지역을 강타할 바람의 세기는 초속 40미터 이상일

것이라는 뉴스 속보에 화들짝 놀라 신문지 더미를 들여다 놓았습니다.

　서둘러 유리창 위쪽부터 분무기로 물을 뿌리고 신문지를 붙이기 시작했습니다. 온몸이 땀으로 젖고 손가락과 손목이 시큰거릴 정도가 되니 커다란 거실 창문에 신문지를 다 붙일 수 있었습니다. 온 집 안 창문을 신문지로 모두 가리고 나니 밖이 보이질 않는 데다 실내가 더욱 습해져서 후텁지근했습니다.

　잠결에 거실 창문을 내다보니 신문지가 말라 죄다 바닥으로 떨어져 집 안이 폐가 같았습니다. 눈을 비비며 분무기를 집어 들고 다시 신문지를 붙였습니다. 테이프를 잘라 유리창 위의 신문지에 더덕더덕 붙이고 분무질을 했지요. 물기가 마른 신문지가 바닥으로 떨어지지는 않았지만 두 시간에 한 번씩 물을 뿌려대야 신문지를 유리창에 밀착시킬 수 있었습니다. 유리창 없는 집이 부러울 지경이었습니다.

　서둘러 기술자를 불러 손질한 지붕이 제발 새지 않기를, 와이어로 붙들어 맨 철판이 날아가지 않기를, 마당의 나무가 뽑히지 않기를, 혹시라도 이웃집 유리창이 깨져 날아들지 않기를 간절히 바랐습니다. 그러다가 문득 재난이 저만 피해 가기를 바라는 제 모습을 발견하고 마음을 고쳐먹었습니다. 우리나라 전체에 피

212

해가 없도록 태풍의 진로가 확 바뀌기를 간절히 바라게 되었던 것입니다. 그러다가 일본이나 중국도 피해 없이 태풍이 '싹' 소멸되길 바라기 시작했습니다. 만약 저희 집을 초강력 태풍에도 끄떡없이 지었다면 이렇게 남의 걱정까지는 안 했을지도 모릅니다.

남쪽 지방에 많은 피해를 준 태풍의 진로가 조금씩 바뀐 듯하더니, 걱정했던 것보다는 훨씬 가볍게 서울을 통과했습니다. 창문에 덕지덕지 붙어 흔들리는 신문지를 바라보니 그동안의 내 조바심이 조롱당한 듯했습니다. 창밖은 보이지 않고 젖은 신문지 때문에 습기 가득한 거실에서 사다리 놓고 테이프를 붙이다가 미끄러져 다친 제 다리의 상처를 보면서 태풍 예보에 농락당한 느낌도 들었습니다. 뭔지 모르지만 고생한 보람이 없다는 허탈한 마음이 든다고 했더니, 지인이 "그럼 사고라도 나길 바란 건가요?"라고 물었습니다.

그 말을 듣는 순간 저는 화들짝 놀랐습니다. 사고 나지 않은 것을 다행으로 여기기보다 신문지 붙이고 물 뿌리느라 힘들었던 사실과 강풍에 지붕이 들뜨고 물 폭탄에 지붕이 샐까 봐 애타던 마음에 대한 보상 심리가 앞섰다는 것을 알았습니다.

혜가 대사가 젊은 시절에 달마 대사에게 간청했다고 합니다.

"제 불안한 마음을 편안하게 해주십시오."

"그럼 네 마음을 내놓아라. 내가 편안하게 해줄 것이다."

한동안 고민하던 혜가는 머리를 조아리고 말했습니다.

"제 마음을 찾으려 해도 찾을 수가 없습니다."

달마 대사가 혜가를 내려다보며 말했습니다.

"내가 이미 네 마음을 편안케 했도다."

불안, 두려움, 근심, 걱정은 모두 마음에서 오고 생각에서 일어나는 것인데, 그 마음을 찾을 수 없다면 이미 해결된 것과 같습니다.

태풍을 제 힘으로 막을 재간은 없습니다. 지붕을 와이어로 고정하고 바람 구멍을 실리콘으로 막고 창문에 테이프와 신문지를 붙이고 장독 뚜껑을 무거운 것으로 눌러놓은 것은 제 마음을 편안케 하고 저를 안심시키는 행위였습니다.

고등동물일수록 걱정이 많다고 하지요. 걱정거리는 사람의

자기 배려는 자신의 실수나 결점을
연민과 이해를 가지고 바라보는 것입니다.
인류의 역사는 자기 배려를 통해 발전하고
문명을 꽃피워왔습니다.

몸에 잘 달라붙는 숲속의 도깨비바늘 같은 것이어서 달라붙고 떼어내기를 반복하며 살아갈 수밖에 없는 것이 인생인 것 같습니다.

담담히
난관을
받아들이기

여러 차례 인도 여행을 하며 느낀 것 중에 특이한 것은 인도 사람들의 시간관념입니다. 대중교통은 말할 것도 없고 특급 열차와 비행기 출발 시각도 제멋대로이며, 예약금을 치른 관광버스가 오리무중이거나, 예약한 호텔 방에 다른 사람이 들어가 있는 경우도 있었습니다. 한참 만에 힌디어로 '내일'과 '어제'가 같은 단어라는 것을 알고 그제야 고개를 끄덕였습니다. 만약 우리에게 '어제'와 '내일'이 같은 뜻으로 쓰인다면 엄청난 혼란이 일어날 것 같은데, 그들은 전혀 불편하지 않은 듯했습니다.

인도는 인구의 70퍼센트가 절대 빈곤층이지만 행복도 조사를 해보면 우리나라보다 상위권이라고 합니다. 어제가 내일이고 내일이 어제이니 삶에 대해 간절함이 적을지도 모릅니다.

사단법인 수요포럼 '인문의 숲'의 배양숙 대표가 3억 5천만 원의 사비를 들여 개최한 '서울인문포럼'에서 강연한 적이 있습니다. 국내외 연사 27명이 한자리에 모여 진지한 강연과 열띤 토론을 벌여 인문학의 본질을 다듬었지요. 영광스럽게도 저는 첫 번째로 특강을 했습니다. 두 번째는 인도 철학의 대가로 알려진 프랑스 소르본 대학의 프랑스와 슈네 교수가 '인도 문화와 철학에 따른 인간의 운명'이란 주제로 강연했습니다. 슈네 교수의 강연을 간략히 정리하면, "생각이 행위를 낳고 행위가 습관이 되고 습관은 성격이 되고 성격은 곧 그 사람의 운명이 된다"라는 것이었습니다. 결국 인간은 '자신의 삶을 만드는 존재'라고 정의했습니다.

인도 정신에 의하면, 첫째 다르마(Dharma: 우주 질서에 맞는 올바른 행위), 둘째 즐거움과 재물, 셋째 권력의 추구가 삶의 목표 혹은 가치로 간주된다고 그가 역설했는데, 인도인들은 그중에 다르마를 최고의 가치로 여긴다고 했습니다. 이 세 가지가 충족되면 영적인 해탈인 모크샤(moksa)라고 합니다. 즐거움과 재물, 권력의 추구는 여러 가지 조건과 능력의 계발과 상황과 노력이 수반되어야 하지만, 다르마는 스스로 깨닫고 정진하여 실천할 수 있는 것입니다.

　가난에 찌들어 사는 인도 사람들이 가난을 탓하지 않는 것은 흔히 운명론 때문이라고 합니다. 주어진 상황을 그냥 받아들인다는 뜻이지요. 운명론을 연구한 사람에게 운명에 대해 물었더니 명쾌하게 말했습니다.
　"어떤 일을 당하는 것이 운명이 아니라 일을 당했을 때 반응하는 모습이 곧 운명이다."
　이런 주장에 쉽게 접근할 수 있는 것은 횡단보도의 파란색 신호등이 보행자에게는 짧게, 운전자에게는 길게 느껴진다는 사실입니다.
　에이미 멀린스는 열네 살 무렵 부활절에 무릎까지만 내려오는 드레스를 입었습니다. 그녀의 아버지는 "옷을 잘못 입었구나. 올라가서 갈아입어"라고 했답니다. 딸은 "설마 이 예쁜 드레스 말인가요? 무슨 말씀이세요? 제 옷 중에 제일 멋진 옷인걸요"라며 대들었지요. 아버지는 딸을 나무랐습니다.

"아니야. 무릎 연결 부위가 다 보이잖아. 그런 모습으로 나갈 거니? 어서 갈아입어!"

그녀는 종아리뼈가 없이 태어나 아기였을 때 두 무릎 아래를 잘라낸 장애인입니다. 하지만 열두 살 때부터 의족을 착용한 채 신문 배달을 할 정도로 당찬 소녀였지요. 장애를 숨기지 않고 당당하게 성장해 1996년 미국 육상 국가대표 선수로 비장애인 올림픽에 나가 세계신기록을 세웠고, 패션모델로 활동했으며,《피플》이 선정한 '세계에서 가장 아름다운 50인'이 되었습니다. 그녀는 장애인이라는 상황에 억눌려 있지 않고 오히려 장애를 기회로 삼아 절망의 순간에도 밝은 모습으로 당당하게 뛰었습니다. 진정한 장애란 '억눌린 마음'이라고 말하는 그녀는 주어진 상황을 그대로 받아들인 게 아니라 스스로 운명을 만들어나갔습니다.

우리는 습관의 반복으로 살아가면서 외부의 힘으로 내 모습이 바뀌기를 바랍니다. 마음이 괴로울 때 스승께 어찌하면 이 고리를 풀 수 있는지 물었습니다. 스승의 답은 간결했지요.

"왜 괴로움을 증명하고 싶어 하며 왜 괴로움에 끌려다니려고 애를 쓰는가. 괴로움에서 구해 줄 것은 자신뿐이거늘."

증명할 수도 없는 진리를 깨달으려 괴로워하고 애쓸 것이 아니라, 당장 눈앞의 고통을 소멸시켜 마음의 평화를 얻어야 합니다. 살면서 부딪히는 난관들을 피하려 하지 말고 담담히 받아들이며 그것을 성장의 기회로 삼으려고 애써야 하는 것이지요.

세상에서
가장 무겁고 질긴 것

불가촉천민들이 모여 사는 척박한 땅 둥게스와리는 물마저도 귀합니다. 넓고 깊은 우물은 물기 없이 마른 쓰레기통처럼 오물로 가득했지요. 불과 몇 년 전까지 마을 사람들의 생명수였던 우물이라고 하기엔 너무 지저분했습니다. 콜레라의 발원지라고 할 정도로 더러워진 것은 우기에 억수로 쏟아진 빗물이 마을의 온갖 쓰레기를 우물에 채웠기 때문입니다. 법륜 스님이 우물 턱을 높이고 수로를 만들어주었지만 깊은 우물을 깨끗하게 청소하기는 쉽지 않았습니다. 그래서 법륜 스님은 마을 곳곳에 핸드 펌프를 만들어주었습니다. 마을 사람들은 비로소 깨끗한 물을 마실 수 있게 되었고 흔하던 전염성 질환도 줄어들었지요.

바짝 마른 우물 위쪽 40여 미터쯤에는 오리 몇 마리가 물장구 치는 작은 둠벙이 있습니다. 소와 돼지들이 목을 축이고 산새들도 물질을 했습니다. 물은 아래로 흐르기 마련이어서 위쪽에 둠벙이 있으면 우물이 바싹 마를 수는 없는 법입니다. 불과 몇 년 전까지 꽤 많은 양의 물이 고여 있던 우물이 지금은 건기라고 하지만 바싹 마른 상태였습니다.

샘물은 자꾸 퍼 마시지 않으면 말라버린다는 말이 퍼뜩 떠올랐습니다. 핸드 펌프 덕에 손쉽게 마실 물을 구할 수 있게 된 마을 사람들이 우물을 찾지 않게 되면서 점점 수량이 줄어들었고, 세월이 지나자 우물이 바싹 마른 것입니다. 우물을 채우던 수맥이 막히면서 우물의 역할은 막을 내렸습니다.

둥게스와리의 마른 우물은 제 가슴을 자꾸 두드렸습니다. "마음도 자꾸 퍼내지 않으면 말라버린다"고 말하는 것 같았습니다. 웃음을 자꾸 퍼내면 웃음 맥이 뻥 뚫리고, 사랑을 자꾸 퍼내면 사랑 맥이 활짝 뚫리고, 베풂을 자꾸 퍼내면 베풂의 맥이 넉넉해지고, 용서를 자꾸 퍼내면 용서 맥이 푼푼해진다는 걸 뻔히 알면서도 실천하지 못하는 제 아둔함이 어지럽게 느껴졌습니다. 더구나 스스로 샘물을 퍼 마실 생각은 않고 남이 떠다 주기를 바랐던 것입니다. 스스로 샘물을 퍼내야만 맑은지 더러운지를 알 수 있고 더러워지면 청소할 수가 있는데도 수고하지 않고 맑은 물을 마시려고 했던 것 같습니다.

제 마음을 퍼내지 못하는 연유를 곰곰 생각해 보았습니다. 잘났다는 생각과 대우받아야 한다는 오만과 내 판단이 대체로 옳다는 자만 때문이 아닌가 하는 생각을 했지요. 방하착(放下着)이란 낱말이 또 가슴을 두드렸습니다. 집착하는 마음도 내려놓고 어리석은 아집도 내려놓으라는 심오한 뜻이 담겨 있는 말입니다.

어쩌면 세상에서 가장 무겁고 질긴 것이 자신의 마음일지도 모릅니다. 내려놓으려 그리도 애썼지만 여전히 나를 칭칭 감고 놓아주지 않으니까요. 남이 붙잡고 있는 것이 아니라 내가 나를 붙잡고 늘어진 것인데도 말입니다.

224

마을을 가로지르는 길은 자갈을 실어 나르는 트럭이 지나갈 때마다 먼지 폭풍이 일어난 듯 시야를 가렸습니다. 비포장도로에 고운 흙먼지 때문에 창문도 없는 오두막은 물론 나뭇잎까지도 누런 먼지 더께로 죽은 나무처럼 보였지요. 근처의 돌산에서 돌을 캐내어 쪼개느라 돌가루가 뽀얗게 마을을 뒤덮기도 했습니다. 그런데도 사람들은 무표정했고, 다들 별다른 표정을 짓지 않았습니다. 웃고 재잘거리는 것은 아이들뿐이지, 어른들은 말수도 없었지요. 처음에는 삶의 무게에 지치거나 먹고사는 일에 짓눌려 그런 줄 알았습니다. 그러나 몇 차례 방문하면서 '원망할 줄 모르기 때문'임을 알게 되었습니다. 무엇이든 그냥 받아들이는 운명론에 대한 수긍인지도 모릅니다.

길거리에서 동냥하는 아이들은 몇 푼 줘도 고맙다는 눈인사도 하지 않고, 안 줘도 원망하지 않습니다. 줘도 그만, 안 줘도 그만이지요. 담벼락이 없는 집 바로 옆에 쭈그리고 앉아 대변을 보든 울타리에 소변을 보든 괘념치 않습니다. 서로 그렇게 살아가는 데 익숙하기 때문입니다. 원망할 줄 모르기에 행복하지 않을

지는 몰라도 스스로 불행하다고 생각하지는 않습니다.

문명의 혜택을 다양하게 누리며 사는 우리는 무엇이 없어서 불행하거나 무엇을 가져서 행복하다고 느끼는 경우가 흔합니다. 그러나 세월이 지나고 보면 가져서 행복한 게 아니고 없어서 불행한 게 아니라는 것을 알게 됩니다. 원망하고 탓하는 마음 하나만 잘 내려놓을 수 있다면 그게 바로 '참살이'라는 것을 왜 몰랐을까요.

인생견문록

초판 1쇄 2016년 4월 20일
초판 4쇄 2016년 12월 10일

지은이 | 김홍신
펴낸이 | 송영석

편집장 | 이진숙 · 이혜진
기획편집 | 박신애 · 박은영 · 정다움 · 정다경 · 김단비
디자인 | 박윤정 · 김현철
마케팅 | 이종우 · 허성권 · 김유종 · 한승민
관리 | 송우석 · 황규성 · 전지연 · 황지현

펴낸곳 | (株)해냄출판사
등록번호 | 제10-229호
등록일자 | 1988년 5월 11일(설립일자 | 1983년 6월 24일)

04042 서울시 마포구 잔다리로 30 해냄빌딩 5 · 6층
대표전화 | 326-1600 **팩스** | 326-1624
홈페이지 | www.hainaim.com

ISBN 978-89-6574-550-1

파본은 본사나 구입하신 서점에서 교환하여 드립니다.

이 도서의 국립중앙도서관 출판예정도서목록(CIP)은 서지정보유통지원시스템 홈페이지
(http://seoji.nl.go.kr)와 국가자료공동목록시스템(http://www.nl.go.kr/kolisnet)에서 이용
하실 수 있습니다.(CIP제어번호: CIP2016009102)